隔山来信

▶ 江汉大学新诗读本

江汉大学人文学院
江汉大学武汉语言文化研究中心 编

山西出版传媒集团
北岳文艺出版社
BEIYUE LITERATURE & ART PUBLISHING HOUSE

图书在版编目（CIP）数据

隔山来信：江汉大学新诗读本 / 江汉大学人文学院，江汉大学武汉语言文化研究中心编 . —太原 ： 北岳文艺出版社，2017.5

ISBN 978-7-5378-5176-3

Ⅰ . ①隔… Ⅱ . ①江… ②江… Ⅲ . ①诗集－中国－当代 Ⅳ . ① I227

中国版本图书馆 CIP 数据核字 (2017) 第 070893 号

书　　名：隔山来信：江汉大学新诗读本
编　　者：江汉大学人文学院
　　　　　江汉大学武汉语言文化研究中心
责任编辑：李建华
装帧设计：赵　冬
印装监制：巩　璠

————

出版发行：山西出版传媒集团·北岳文艺出版社
地　　址：山西省太原市并州南路 57 号
邮　　编：030012
电　　话：0351-5628696（发行部）
　　　　　0351-5628688（总编室）
　　　　　0351-5628692（综合项目部）
传　　真：0351-5628680
网　　址：http://www.bywy.com
E－mail：bywycbs @ 163.com
经 销 商：新华书店
印刷装订：山西人民印刷有限责任公司

————

开　　本：710mm×1020mm　　1/16
字　　数：208 千字
印　　张：17.5
版　　次：2017 年 5 月第 1 版
印　　次：2017 年 5 月山西第 1 次印刷
书　　号：ISBN 978-7-5378-5176-3
定　　价：49.00 元

前　言

　　一百年前的今天，也就是 1917 年 2 月 1 日，《新青年》杂志发表北大校长胡适的诗八首，标识中国新诗的出现。随后，也就是 1921 年，诗人废名教授在北大课堂《谈新诗》，论及胡适、周作人、鲁迅，郭沫若、废名、卞之琳等白话新诗人；2001 年初，以北大教授洪子诚先生为倡议，他旗下一批从事当代新诗创作与研究的博士或教授，开讲全新的当代诗歌写作与研究，这在以后面世的《在北大课堂读诗》得到展示。

　　学院向来是生产新诗或保存新诗最好的地方。美国诗人阿什贝利提及过这个话题。事实也是如此，学院为新诗的研究与传播营造良好的环境。这几乎可以说成了一个新诗传统。《隔山来信：江汉大学新诗读本》的出版，可以说赓续了这一伟大的新诗传统。

　　各种机缘促成当代诗人在三角湖畔的出现。迄今为止，江汉大学第一本新诗读本的问世，并将其莘莘学子的习作也汇集于此，这不失为校园文化的一道风景；同时也和中国其他高校的新诗写作形成某种呼应。可以说，三角湖与未名湖的诗性光影在汉语的天空下相互映衬。

　　收辑在上卷中的刘洁岷和柳宗宣的作品让全书显出分量。两位是当代中国新诗界的实力诗人，确立了作为一个诗人的文本和形象，他们保持着几十年的诗友关系，却凸显出不同向度的语言风貌。前者在意对世界和人生经验进行非自我意识的描述，注重语言运用的技艺。诗在他看来不是解释和翻译经验的载体，而是经验的源泉。他的诗作似乎寻求读者与作者之间的合作关系，要求读者是生产者而非消费者，阅读他的诗作可能让惯有的审美意识遭遇不适甚至挑战，这是由新诗的实验精神所决定的；而后者在语言与经验的边界展开其诗与思，如普鲁斯特所言，其作品中的一些素材，无非是他历经的人生。写作本身对他而言似乎是自我塑造的过程，通过写作，柳宗宣将其人生转化为一个用以承载某种价值观的、特立独行的文学形象；他在作品中描述和呈现自身经验过或发生在想象中一些具体的事件，趋近或达到对事物本质的领悟；他的诗作本身如同一个能量结构，其诗性能量会传送给可能的读者。

而李强先生的诗呈现出另一道风景。早于读理工大学时期（20 世纪 80 年代）从朦胧诗中获得的审美体验在几十年后的三角湖畔青春学子的面影中得以唤醒。在三角湖畔他吟诗，出其不意创作出一大批诗作，构成了一道道灵感吹拂生成的诗性微澜。作为新诗写作者，他完成从公共话语到对个体生命与自我世界书写的转型。具体地说，他疏离其外在公众身份，并从中脱离，以一个诗人独立的形象来创作，从日常生活领域发现并捕捉诗的蛛丝马迹，组织他歌谣般的节奏或语调；而靳小蓉博士几乎是在隐秘状态持续了她近二十年的诗歌写作，和她的小说随笔及学术论著相伴而生。她的诗歌作品给我们带来了智性的新的书写方式，她尝试着不去表达可以表达之事（如罗兰·巴特所定义的作家的使命）；她的关于写作的想法可以参阅本书中卷她的创作随笔。这里强调一句，他们四人的访谈、诗学随笔是其诗文本延展阅读的链接。

此书的下卷，展示的是江汉大学历届不同学院学生们的习作。编者用了不同的篇幅，推出几乎隐藏的卓然显目的新诗写作者，胡东平、赵甫恒、曾芳芳、胡超群、韦金静、胡桐文等同学的诗作尤其让编者欣喜。编者不吝给他们更多的版面，稍有新诗阅读经验的人看来，这些学生们经历过漫长的学徒期，在三角湖畔留下青春的身影，伴随着诗的清风之吹拂。湖畔吟诗，师生同歌。我们会油然感叹中国新诗绵延的生命力。

此书的编辑出版事宜由江汉大学人文学院主持。邓正兵教授是策划者，并组织了上卷部分稿件（上卷的排列顺序以诗人的出生年月来编排）；江汉大学人文学院学生办的钟鼎恒、黄韵雅老师组织了下卷学生们的稿件；吴艳教授热情地向编者推荐学生的稿件；江汉大学武汉语言文学研究所的柳宗宣受邀主持此书的选稿编辑出版事宜。

最后，感谢诗人、北岳文艺出版社续小强社长和主任编辑李建华女士，他们为此书的问世付出了默默而有效地劳作。

编 者

2017 年 1 月 29 日

目录

上卷：他们的表情是那么有雕塑感

靳小蓉诗选

刘洁岷诗选

柳宗宣诗选

中卷：词语是他们赖以存在的居所

下卷：树枝倒过来其实长在天上

上卷

他们的表情是那么有雕塑感

靳小蓉诗选

靳小蓉，女，湖北松滋人。曾就读于武汉大学戏剧
影视文学专业，获博士学位。现任教于江汉大学人文学院。

放 大

那些诗挂在那里三个月了
我注意到，站在月台上的乘客
都垂着眼睛，尽量不去看它们

这些朝九晚五的乘客
想必每次在这里等车时
都得面对这些诗。没有
一种人造物能经得起
如此长久的逼视

现在它们漏洞百出
从中显出了傲慢，内心的空虚
放弃，以及故作姿态

奇怪，沙粒被放大时
呈现出古生物化石的形状
那真是千姿百态
而绝大多数诗被放大时
却像肉眼看上去的沙粒一般
黯淡无光

得用多久的时间镂刻出一粒沙
完成一首诗

2014.6.21

目 击

随处可见的、鲜红的美人蕉
今天我几乎目击了它们
在我童年时的模样
花瓣柔嫩的触感，触碰它们时
细致的粘黏，混合了我对儿子
手与脸颊的记忆。想必童年时
我们也有与花瓣同质的手
却毫不自知

"它们没有任何气味"。如同我的
乡村姊妹，没有性格
火炬状、裙裾状卷曲的花朵
容易黯败。边缘焦黑，继而
花冠坍塌，雨鬓风鬟，只剩花蕊
还支撑着透明的形状

时间的漏斗，年轻时流向
一滴蜜汁，年老时留下一颗
短刺柔软的果实。食其蜜
拔其花，碎其果，抛洒其细碎的
种子——它们一无用处

2015.6.24

陌生人

春节结束了，重新回到大街上
陌生人，我欣赏你的淡紫呢外套和小蓬裙子
你跟我没关系，不会以你的美凌虐我
我欣赏公交车乘客黑红的脸蛋
她不会告诉我那些受骗的消息
我爱你们偶尔投向我的目光
像看一棵树，一支灯柱
不带评判的热情

下小雪了，那样小，还以为是混凝土中的白灰
他为我洗发，手法轻柔，但毫无欲念
置身同类之中，欣赏他们的个性与审美趣味
不为人际浓稠的关系所裹挟
迎面走来的那个男子泪流满面
像街头突然耸起的神像承受着雨雪
在陌生人的丛林中
你自生自灭，成就自己

2014.2.7

靳小蓉诗选

地铁站

我一定会在那里等你
你下车的时候往站台中间看，我就坐在
那里的石头凳子上看书，不会无聊
你不要急
我要稳稳地接到你，开始我们愉快的
午餐，交谈，关切的注视
然后钻到地下的站台，目送你坐上
稳稳的地铁，独自回家

这是我唯一能把握的事情了，一定
就是一定。不会突然厌倦走掉
突然怀疑等待的意义
突然狂怒于记忆的碎片
像那些站名旁边的水晶小篆字
我从未厌倦于它们细碎的光泽
难解的象征和它们的
无用之美

2013.3.15

霾起来

霾起来了，成为我们懒于出门的借口
更深地退回内心
退到另一个世界，把此岸活成彼岸

霾起来，身腔迟早被尘土掩埋
就像中世纪瘟疫横行
人们更加关注灵魂

没有透明的空气，也就没有
红润腴美的拉斐尔圣母
没有柔波闪烁的眼睛

没有爱情，只有对上帝和经卷的狂热
在虚幻的图像和瘦成一道闪电的理想中
建构时代的迷宫和圣殿

树不再是树，是和我们共同忍受尘霾
在灰暗破败的躯壳里扭动的灵魂
月亮，你高居尘世之上，也长了毛
我们之间隔着万丈红尘，不复能见你清纯的模样

2016.1.13

樱 顶

那鸟在凌晨四点写作。
它谨慎地挑选字句
鸣啭又歇息，决断
又迟疑

黑色燕尾服上沾着露水
它珍惜这有限的创作时光
趁着它立足的那棵松枝下
含笑花尚未醒来，用香气叨扰它

黎明时它用一阵急语将诗篇发表
然后隐逸在白昼

2014.4.23

园 艺

剪除剪径的茅草
它们虚张声势的红缨枪应声而倒
幸无杀戮的味道

剪除盘根错节的绊根草
嫩草柔软丰茂，如剪羊毛，还可
成卷。唯其老根牵藤，嵌入台阶缝隙
这多余的缠绵么，拔起而剪之

剪除伏地的铜钱草、三叶草
它们荏弱稀疏，不堪剪刀下口
然亦剪之，厌其陈词滥调

无怨无仇，它们可再长
我也可再剪一车草茎
岂不是最清洁无害的垃圾
满地青桩胡茬，显我少年精壮

擎天的树擎天去了，树下池水空明
波光映上晴窗，潋滟西墙东墙
又见雨脚匆忙，无有熙熙攘攘

2015.6.26

隔山来信
明日隔山岳

由他烧，由他赏读
由他芙蓉塘外轻雷不绝余，香啮锁
给他一个把柄，一个玉虎牵丝汲起的美好清晨
自喜，自叹，自凄凉

时光深处蹄声轻叩的一匹白马
一身铁甲，喊你回去
你只剩一城草木，人在何处
很多人啊，如此繁华胜景

2013. 4. 8

盲 目

活到什么份上就能写到什么份上
镜中的美人儿目光闪动
但我已看不清了
看不清后庭绿树森森中鸟儿小红嘴
看不清杉树分行的菜花田黄娇绿贵

那注定要消失的使我目盲

2012.4.25

水边的诗神

自从通往河边的小路为院墙阻断
自从竹园再无人打扫
你的面孔已经变得多么僵硬了
只有深夜的梦中突然意识到这回事

诗神化为一只锦鸡，在小学校那头的野塘边咯咯作响
它其实一直都在，你无处不听见它的叫声
在兴隆山那光秃秃的山涧中，你和焕卿曾见过它们鲜艳的羽毛
记住了它们的叫声

你的诗神并不美丽。但袖是真存在过
在菱花的小朵上，在河水中初升太阳的倒影中
袖是一个幼神，像猫儿肚子上颤动的花纹

2012. 10. 22

冬日诗篇

车内：两个美国少女去巴黎。
她们的金色长发闪烁着优裕生活的光彩。
而后是绑架，凶杀，父亲的寻踪复仇。
冷静的屏幕，沸腾的追击战。
我把目光投向窗外：
两只布谷鸟，黑翅中间白花纹，振翅
低飞在冬季河沟边的枯草间。

母亲在哭泣，父亲在咆哮：
你锦衣玉食，鼠目寸光，你根本
不了解这个世界！你天真得像一个白痴

你天真得像一个白痴，布谷鸟。
白杨树的长林。手臂上挎着竹篮的村妇
你的儿子无心读书，在网吧里吃睡。
明天，他将提起砍刀去把网游变为现实，
或把现实虚化成他唯一掌握的方式。

巴黎的豪华公寓，枝形吊灯。作为联邦调查员
的父亲搜索着女儿的消息。
什么是成功？像图像中的父亲一样，
用枪救回自己的女儿。我的成功，
就是在平原上的处处鸟巢间，
在树木与鸟类间，与它们为伍？

铁链，枪弹击碎的玻璃，它们是否有一种
真实的美？田野与河流反而是虚幻的，
明天它们就会消失。
推土机撅着高高的黄屁股，它在埋头苦干。

今天什么是成功的幸福？
同事领到五万块年终奖，他说
这对不住他一年的辛苦。我，
一个无所事事者，一个总在长途车上的浪游人，
跟他从同一间银行出来，怀揣着一个微弱的数字
感觉我走在虚幻的境地。
他们是真实的，妻子，门卫，都在向他微笑，
我是游魂，不被人看见。

2010.3.19

冬天

或早或迟，冬天总是要来的
比如今年冬天来得早，胡天八月即飞雪
京城初雪已下过，湖北也冷得出奇
所以我们给孩子取 A 字打头的名字
April Apple Anthony
叫号时会在前面，没有拖延的余地
一马当先，形成习惯

因为冬天总是要来的
有些事一拖就来不及
当然你可以说冬天也很好
比如对于我，冬天是写诗的季节
但有些事还是要在春天、夏天和秋天做了
冬天一来，许多事要放弃

2015.12

靳小蓉诗选

真实的孩子

真实

你是一个真实的孩子
我渐渐确认，从洗过五千次的尿布上
从每夜三次的喂奶时间中
从你凝视我的眼神的变化中

你的缺陷是真实的
你不会说"湿"，总是喊"西啦"
你要起糖来不要命，没有节制
你一激动小身体都在哆嗦，当看见妈妈回来

你比思想，比名声，比享乐，更真实
这是我要带你来的唯一理由
你会变得有力，但你会变得残忍吗？
你会适应孤独，但你会变得无情吗？
这是我要直面的挑战，未知的明天

而我至今未能战胜心中的厌倦和冷漠
也许只有在面对你时我未曾失控
未曾对你的痛苦无动于衷
你是我残存的人性，耐心和温存
也是我裸露的唯一的伤口

细 节

当我把郁美净面霜在手心研热
用食指轻轻敷上你熟睡的脸
看那冷风吹过的细小纹路消失在指尖
看你那么小，越小的花朵越美丽

就像当年我的母亲，用纳爱斯香皂
给我洗衬衣，汹涌的蔷薇甜香显得那么驽钝
我在卧室暗自打磨征服新生的利器
衬衣啊，香皂啊，加香皂的衬衣，纯属多余

做了母亲，我也高明不到哪里去
无知的依赖将会变为高傲的拒绝
时间一到，你将剔骨还父，割肉还母
全然是你自己，不跟老朽的世界有一点联系

而我也不以自己为痴愚
在我能够的时刻，精选路过你的
每一阵雨，每一片风
就像精心推排一首诗

堆砌与你有关的细节
堆砌所有的细节
让年月悠长确切得像一整天的光阴
像一部普鲁斯特的小说

风暴

在风的冷硬后面
我格外感觉到你的软
你坐在推车上，俯身于两颗
红色蔷薇果，专心比对
你的周围纤尘不动
好像罩在一片透明的祥云里

风在呼啸。我酸涩的眼睛
看见你对我笑。妈妈，呵呵妈妈
我一生最初的错误就是急于摆脱孤独
总想与人发生联系
嚣骚的青春如蛇行草木，遍览春光
我终还未修炼成人，站起来迎接风暴

当我年幼，如你一般心地无瑕
我的母亲总想自杀
抛绳子、动凳子，越细微的声音越惊心
我机警如兽忍耐如龟
在风声的间隙里构筑沙上天堂
儿童都高居尘世之上，风暴又奈若何

直到十八岁，我可以御风而行
母亲的生命是母亲的事，她有权处置
如果死令她开心，令她解脱
她有权去死
她既不挂念我的来日，我又何必苦于
无法解救她的昨天

而她终于活到了今天
活到了我能理解她的那一日
照顾我分娩，让我享她的福
当我紧紧抱着你，呼吸着你的温暖
想到老之将至时，你也将理解我
这是我不曾后悔的人世间的联系

棉 花

在泥土的黯淡背景中
你太白太亮，像用于展览的银器
不来自土地的出产
我把你带回故乡
让你接接地气，长得壮实
让它的风物把你打磨得钝一点
像你外祖父的手掌
带着挂起棉绒的毛刺

你站在高高堆起的棉桃垛旁
拈起炸开流淌的棉花，把它递给我
在故乡平原阴雨绵绵的初冬
人们终日坐在大竹匾周围剥棉花
有时开着电视听着相声剥
有时打着呵欠打着瞌睡剥
棉花像你一样白得丰美柔软
受到人们的珍视

而我受过的最好的教育
是在晒花帘子底下捡那些漏下来的细小棉瓣

每个傍晚，帘上摊晒的棉花已经归拢
我钻进帘下，一粒粒拾取发黑的小瓣
从这头到那头，蹲着往前移
帘下寂静，乡村无声，地上微生青苔

2011—2012

刘洁岷诗选

刘洁岷，男，1964 年 12 月生于湖北松滋，作品被收入多种选本和多种中学教材读本。2003 年命名并创办《新汉诗》，2004 年创设《江汉学术》"现当代诗学研究"名栏，2016 年创办"新诗道"微信订阅号，出版有诗集《刘洁岷诗选》（2006，长江文艺出版社）、《词根与舌根》（2015，北岳文艺出版社）等。现供职于江汉大学期刊社。

蛛丝迹：数

我在平原上数影子的数目
记起一个细节的代价是
遗忘掉更多的细节

高速路上，车流嘈杂地穿梭
中国的农村已飘逝而去

2013.3

咏淇河

从高铁走下来的人是缓慢的人
我们来到淇河"在河之洲"的河边
感到《风》中的桃花开在方言里
我和赵佳、田桑及高柳不是一起来的
而是在此偶遇，田桑和高柳
不是名字而是成了两种寓意
很多面目模糊的人在此钓鱼
鱼来自春秋，水波上看不见的
细雨绣出只只鸳鸯与雎鸠
还有木桃琼瑶，蒹霞与白露
天渐渐黑了睡莲也开了
月下没人，那位古典美人
在那只硕鼠的眼里消失
《诗经》是一瞬间

2014.7

白 鹭

一只白鹭飞来
滑入附近的杉林
这事，我对两三人
提到过

一行白鹭回翔着
在一小片杉林上
那天，我开始写信

我说：那是真的

被一场暴雨惊醒
我起身奔向那座林子
林间黑糊糊的，而幼鸟
白花花铺了一地

1992.6

问

很多人是在水里丧生的
很多人在火里和山中，车祸
撞飞了一些人的余生

寒冷的天气与饥馑，铸就了
另一些人的性格、生平

更多的人躺在病榻上
病因尚且不明，却已经有了
穷极无聊的征候

还有个别的在弥留之际
良心发现了

双眼被药膏涂满的人
会想些什么——惶恐？还是开开心心？
那是以最为原始的方式离开人世

远方的霓虹与战火闪耀
使我发笑的是我的
后人，对着我（空气）的发问——

你会醒过来吗？你在睡觉吗？
就像对着无知的小动物那样耳语

2002.4

野猪林

大雪飘，扑人面
我们常常相遇在时间和地点
不统一的某个郊区，那里
朔风阵阵头骨寒

荒村沽酒慰愁烦
放风筝的醉汉，迷路的
高个子攀岩人，那个
容易上当的小酒馆老板
在酒瓶上刻下标记

望家乡，去路远
别妻千里，总之摆脱了
邮递员的跟踪

彤云低锁山河晚
疏林零落，就把早年的
方言用盒子装好
埋在流水中

空怀雪刃未锄奸，叛国者
在一阵剧痛中咽下
他的仓皇，西风、大雁
和我，我是
蹲在街口等待来客问路的老人

2002.7

路 过

我总是路过，我在巨人广场漫步
路过梨花盛开的村落，越冬的苗圃绿得惊人
我路过水草未茂的郊野，那儿的浅溪
光斑间的小鱼与石子婆娑得细腻
我在江汉平原以西躺下，就路过
丘陵，鄂东南富矿的丑陋，天穹下
稻地尽头，庞大闪亮的军用机群
我在二十八周岁路过一位八十二的老妪
她的脸在一场灯会上格外生动
我路过好多人和事，神仙的眼睛
日常生活的细枝末节，路过滑稽与尴尬
路过剧院，一个被平掉的坟场
脚底依稀荡出唢呐、箫与吉他协奏的谣曲
开水房老杨患的是胃癌或肺癌，他刚刚路过这世界
我路过蓝色黑色的瞳眸，棕色以及浅棕色的
我路过言行策划人，一本滞销书的作者
我曾路过他的构思与深奥莫测的句子
路过一部电视短剧中的人物，在途中搭车
我路过一个少年乞丐的正面又路过一位姑娘的侧影
我路过弹棉花絮的人，油光水滑先生地摊老板，小巴黎
缝纫店，娟子发廊和染整车间的气浪
我在左边行走，路过一群右倾分子
我路过市体委市残联市计生委市人大
路过从事统战工作的人，民主党派和各阶层人士

大院西四楼睡着了一名嘻哈民工
我在秋天路过一小片小小桃林
一条条嫩枝上菊花粲然
拐过弯，我先路过精神病院的红砖墙
一处园林小品，和在臆测中发黑的阴沟
再是路过一家紧贴家的门面
其中夹杂着新近包装的邮电分所
我路过一条矮种狗，它转眼把我一下子路过
我顺着寂寥的老街蹬车，心情恓惶
不过我路过一个十二月风中的行人

1992.12

刘洁岷诗选

蛛丝迹：信

不知道是昨晚还是今晨
总之吧是醒着的时候
我在想写一封信，朦胧中想写
不知是手写还是电脑写，也不知
如何发出去发给谁

下午我看了一本书，书很薄
书里有个老人在等信等了50年
穿着新郎时的衣服每周五
去江边等破旧的邮船，观察
从船上跳下的邮递员的一举一动

我是先想写信后才发觉书和信有关
不过他是在等信而我想写信
信的内容在不清醒状态时
似乎都已经拟好：是真的拟好了！
现在只感到一片灰烬

2013.5

黎明的恐怖

当黎明在恐怖中展现死亡
每个人都不知道去哪
每个人都不知道去哪

于是很多动物跑过飞过，很多人
从窗口跳出
他们立刻跳了出来

我们从未见过这种事情
我们从未见过这事情
这太可怕了，绝对可怕

当大地在剧烈的震动中
暗下来的时候，世界
还剩下一头瘟鸟一堆烧烤的人

留下野兽的气息和足迹
到处都是烟雾，一切
都黑了黑了

当黎明在恐怖中展现死亡
狗像汽车在巨大的噪音中烧焦我们
下雪一样纷纷往下跳

刘洁岷诗选

从来没有见过这么可怕的事情
一头瘟鸟留下野兽的足迹
一匹马像一个人那样望着我们

2001.10

女儿发来的诗

不是我不说而是我觉得
没有必要。虽然
你们很关心我，我也爱你们

但我终究还是一个人，我常常
想把自己封闭。我发现
心里有些不正常的压抑

我很想长年累月地待在学校
我非常讨厌自己，因为
很不满意

我讨厌自己的性格，是它让我
拉开了与她们的距离以及
与我自己的距离

你不知道我是个极其胆怯、拘谨的
人，想要冲破那些压抑。不喜欢
这样的生活，所以想努力改变

我不会因为有人比我差就
高兴，我在乎平等，我把这看得
比有些东西要重得多

2007.11

为洛夫先生题写"雪落无声"而作

当拿起望远镜远望时
思念在手中颤抖

雪像道具一样聚集在云端
明净的天空在海峡间开始发暗

水墨故乡仿佛一幅旧画
搁放在比囟门更柔软的地方

听觉里积攒的童谣
随身携带的一小笔财产

如果梦可以盖一座大楼
做梦的人就必须在顶端跳下

华发如蝉翼，薄薄地覆盖
黑色光线猫爪一样摁在宣纸上

2014.11

山河破

我们的表情是那么有雕塑感
电脑的屏保仿佛我的脸

无数朝代的战乱幸存下来的
被毁于"文革",而被用于
保存"文革"记忆的事物又被毁了

我们祖辈的尸骨被强拆了
唐诗宋词里的意象渐渐失去对应物
吊死都找不到一根自然的枝丫
投水都投不到一条没有被污染的河流

祭拜的食品都是掺了毒的
或者是非常不安全的,每个人
包括非常得意的达官贵人都无处遁逃
所谓底层则是一个敏感的词汇
我们愧对的先人羞耻于我们的愧对

2011.4

少了一个人

国家少了一个人
婚礼上少了一个细节
郊区会议的间隙没有了一个
可以那么和我们轻松寒暄的男子
夜晚的白杨树青铜般耸立

鸟巢中的乌鸦阴影一样飘移到远方
又垂直坠落像拳头砸进土地

我知道，我知道
还会有关于你的记忆在我的头颅里
来见证我们一天天虚度和衰老
去关心是人的回答错了还是神的提问错了
会蹀躞在尘土的镇外小路——
忽然找到我们共同的篇章的最后一行……

我知道，你的血会被收回
回到你活蹦乱跳的肉体
包括漫漶到混凝土缝隙里的
点点滴滴，身体会从破裂中站立
跃升到16楼完好无损
我会在暮色中的楼下仰头喊你的名字

只是，我翻开你的书页那儿还有一些活的光线
有一只闻过你汗味的狗失踪了，它奔向沉默的路途

2014.11.11，悼陈超

东亭集：读旧日记有感

当洗衣机开始运转的时候
我刚刚意识到，"爱"这个字有
无情无尽的写法但说法。只有一种，那是
在另一个时间和地点我们谈同一件事物

题为"生活"的是两次曝光的照片
街坊是演员分别扮演不同的角色
夜晚睡去早上醒来，她提起
他在她睡着时对她谈过的点点滴滴

2016.1

刘洁岷诗选

桃花源记

1

他们乘高铁专列几十万人去围观樱花
我们三两个坐慢车晚点到达桃源
火车在常德郊外停顿、等待
桃花在暗中绽放

那些撒入夷望溪的花瓣，就仿佛
空白的没有邮戳的信寄给了没有地址的人

2

天气就像是高兴那样
灿烂的桃花看起来就像一个人
爱上了世外的彗星，闻起来
像是春天来了

小牛、母牛和小狗追逐
毛毛虫在啃食大樟树
清荷、红莲的脸，夜里的鱼
呦呦鸣叫的鹿的脸
早晨的鸟的脸
都红了

3

五棵柳树还在
在表达着绿色
我们入住旅店里
前厅，遇见的全是些
养龟为业者的后裔

我们的心像桃子一样
饱满多汁，看那游子的骨灰
与游子母亲的骨灰
近在咫尺

赤霞腾飞在半空
驳船逆着桃花水的流向
我们举杯
我们浅吟低唱

一滴酒
滴入沅江

2011.4
2016.1

广济禅寺

一位士兵死于流弹
一个掘墓者或盗墓贼在坟墓
心脏病突然发作

一个白衣长发的翩翩少年
在路边摊位上剃光了头发
投身于一堵残墙之后

他拾起地上刚刚死去的僧侣的
宽大尚未冷却的袈裟
在一溪山泉边论述黄昏

我要赞美你的一生！闭关、修行
足以安慰我们迷失在
尘世中的老年

当我们携伴坐在山腰
在一块光滑无比的大青石上
回望，我们悲喜地看到

脚手架下寺庙的轮廓清晰了
以大雄宝殿为中心
周围，七十二峰一阵无畏地抖动

2010. 8

2016. 1

蛛丝迹：结尾

我的故事有两个开头，有许多个开头
可结尾编来织去的只有一个
我的叙述里没有读者代替主人公的技巧
两个互献初吻的人对处理溢出的口水感到困惑
那一年你带着廊坊和驻马店
你带着鸡公岭一派交界的气息来看我
在一个属于夏天的湖边

时间起初是在谷仓的角落低鸣
而后是在碎纸机里，不是窸窸窣窣而只是唰的一声
我看到一只被睫毛镶嵌的眼睛里流出两行泪
大大的眼睛
眼泪溢出眼眶的时候
分成了两串滴落下来

2013.3

刘洁岷诗选

灾难一课

上帝在玩牌，宇宙的
校长在摇骰子
女生赵未琪的马尾辫儿在跳动
课桌是纸糊的，身体是薄皮裹着的一滴血浆
三楼变成一楼，五楼的
窗子被扭为一道细缝，对面实验楼
整体坍塌激起漫天的黄尘

神是无辜的，神在责怪人
人盖了一座假房子，把孩子们骗进
门口钉着初二（5）班、小一（3）班牌子的教室里
坐得整整齐齐，时间掐得很准，老师们
已各就各位，走上了讲台
但课程有了很大、无比大的调整

仿佛一千台压路机碾过
孩子们去了哪里？那些中午
还活泼跑动的身影，那些上午
还嵌在红扑扑脸蛋上朗读的口型
那些尚未学习过临终惨叫的
童稚的嗓音，被
野蛮的教室捏没了

孩子们到哪儿去了
送到为省钱而建的学校上学的家长
请不要围聚在学校的遗址前大声哭嚎，因为
虽然生命的窗口被关闭，救援的黄金时刻早已黯淡
但你们还是不要压倒、淹没瓦砾深处
那些可能的，细若游丝的呻吟

印度板块向亚洲板块俯冲，使得
操场上摆满从混凝土里挖出来的书包
摆得也整齐，那些书包脏了
青藏高原的东缘向东缓慢流动、挤压
那些书包已相互不认识，因为
它们的小主人从此就没有了
那是些死去的书包

2008 年 5 月 30 日，儿童节前夕

刘洁岷诗选

还乡：有人喊我妈的小名

和妈妈在小巷子里走
那是她和父亲小时候的地方
她73岁了，眼神不好
一起的还有从新奥尔良
回来的表弟的一家
当我们去一家银铺买手镯
我妈被一个更加老的人喊住
她喊她的小名，她们彼此
辨认，当初小镇的两大美女
在岁月的另一端会合，戴着
满是皱纹和白发的面具
妈妈回来对我念叨：小樱姐
把我拉住喊我的小名
我提议我们再去看看小樱
于是下午我们就再去了一趟
提着银鹭八宝粥，期间
我和妈妈先去了那小巷子
小樱不在那儿。问问周围的
也没人能告诉我们她在哪里
我们在整个小镇逛了几圈
再没有人喊我妈，她也没有
找到可以辨认出来的人

2010.7

自我的信函

我曾写下过一封长长的长信
用挂号寄出，那封信
是在一座有着八百万人口的城市里写下的
落款后我如释重负，我知道
我的一生中已永远少了点什么

我还写过一封短函，虽然简短
可有着烈火与星辰
信发的是特快专递，为此
我买了一张价格昂贵、非常贵的机票
在机场，我亲眼看见穿蓝工装的工人
将邮包甩上飞机

我已近老年，我在最近封上的是一张彩色的
贺卡，我在外地，我
爬上一座座高楼看月亮
我在出差，过节，发了病，脸小多了
且新添了可怕的皱纹。于是——

我坐上一艘慢船回来，船很慢很慢，还
误了点，还被查票、查身份证、受喝斥
还称了一斤酸不溜秋的柑橘
正好赶上那张地址不详的贺卡
被揉作一团地
退回

2002.6

刘洁岷诗选

渔薪老屋

当我如痴如醉地拨开枝条察看老屋的时候
我看到大红春联、黄豆、雪白的爆米花
我看到了新手套、饼和芝麻做得焦切
这时，我对早餐的看法发生了变化
对顶针箍、蒲扇和葵花叶子的态度
对于棉籽壳、风筝骨架、木屐
鱼钩、蚯蚓、门后堰塘里的水浮莲的感情
就有了变化，还有那枯坐在煤油灯下
慢慢刈割胖蚕豆的瘦祖母
还有被曾祖母睡得极硬极硬的窄床
还有蓝格子粗布床单：有着太阳光香味的
还有眼光整日都不离灶台的玉芬姑妈
她的衣裙隔不一会儿就漂浮在水缸的水面上
音容笑貌，随着井中的水桶降落、升起
还有黯淡斑驳的草泥墙壁，手炉和炭球
还有那只盛泼了妖魔鬼怪的葫芦瓢
只需一小粒高粱米，母亲和小鸡
就会从霜雾中咯咯咯地跑来，如果
它们和他们都还在老屋里
我就不会在一根锈铁钉悬挂着的鸟笼子里
翻寻到他们泛黄蜷缩的照片
如果二爹讲故事的声音还在老屋里整夜回荡
那么明天他们就会继续吵骂与和好
麻脸二爹就不会在仙桃被刑拘，三姑的女儿我堂妹

就不会远嫁到韩国的水原；还有，还有，以及
这一天，我在离老屋三百米的小波家睡了
老屋里轻轻响起我的鼾声
细雨里，香樟、苦楝树的奇异香气
仍然在老屋上的夜空交织
似乎这世上只剩下老屋，这老屋里
只剩下我，而我弥留的亲人们
会被这鼾声——吸引过来
并遭到致命的一击

2001.11

郭茨口夜市的绿豆汤

老婆婆每天卖煲和绿豆汤
细眼睛的小姑娘每天卖凉面
坐在汤圆、桂花糊后面的是一位白胖大嫂
一年后还是这样

我来到汉阳好几年了，几乎每天都经过
这个乱糟糟的夜市
除了下雪，我每天都能看到
这些固定的人在这儿出售固定的东西

有时候我经过她们后再转回头去看
她们还是在原地：声音与形象
有时候我回家换成我父亲去看看
他看到的也是一模一样，这有点意思

我觉得她们演得可真好
这位老婆婆，这位细眼小姑娘，这位大嫂
我和高柳，还有哑君、周瑟瑟等常来此转悠
他们可以证实我所说的

老婆婆的老伴说老婆婆准备八月份去世
这是商量好的，现在才七月不到
小姑娘的变化是看不出来的，一如她的凉面
经过夜市时我有时盲目地想一些事情

外地的叶匡政也来过，几个月后
他在杂志上写道："第一口绿豆汤的滋味，就是
生活的滋味"。他写得不错呵呵
他以为他喝的是真的，喝吧喝吧

2001.6

棺材匠

一棵树要经历多少次弯曲
一棵树的苗条才粗壮到这里
金丝楠、香杉、河柳、椴木和桑木
经他之手成为死亡的房子
他爱上了它的深奥和它的幽静

此刻，他看不见的夕阳
将他体内最后的热力缓缓收走
寿钉等待击打褪光漆从血管喷出
附近是花圈和亲人们的白宴
他飘浮的身子像一棵树
被一阵大风拽走

2016.6，与舒和平同题

黏稠

一个女孩曾经是一个国家，以她
瞳仁里的火焰照耀着她广大的疆土
一朵花也是，有着自己芬芳的国境线

当一个小姑娘来到她年轻漂亮的大姑妈家
她的大姑爹会很高兴，下到河里去摸起河蚌
去屋前沟里去"厮"①鳝鱼

他还拿了些黄豆去街上
换回豆腐，而这时
大姑妈哼着花鼓戏②在为小姑娘洗澡
再换上干净的有补丁的花衣

六十年过去了，那小姑娘的替身
是一支佝偻的头发黯淡稀疏的蜡烛
烛光如豆，在乌有的风中颤摇

我大姑婆倒下的消息使得
我母亲滴下黏稠的无比缓慢的泪水
因为那些河蚌黄鳝和豆子还在
在她的味蕾上旋转

2011.6，赠张桃洲

①"厮"为守的意思，在湖北松滋、天门一带方言里有些古雅的老词。
②天门花鼓戏为湖北主要地方戏之一。

樱花节

时候到了，按照我们体内的程序
我们必须在一周内去赏花
我们应该在出门时露齿一笑

有个武大研二女生小邓在树下照镜子
她在镜子里一下看到了樱花
——通过镜子里的眼睛

2012.4

　　李强，男，1962 年生，中国作家协会会员，经济学博士，江汉大学校长。著有《感受秋天》《让更多的人仰望星空：一个诗人的文化梦想》《汉口十年》《萤火虫》等专著；数百首诗歌在《中国诗歌》《人民文学》《诗刊》《星星》《芳草》《汉诗》《长江文艺》《光明日报》《长江日报》等报纸、杂志发表，入选多个全国年度最佳诗歌选本。

每次旅行都丢东西

大的都带走了
丢下小的
重的都带走了
丢下轻的
身体和随身的都带走了
丢下伸手够不着的

丢下泛黄的青春
丢下懵懵懂懂的心愿
丢下皱巴巴课本
丢下半拉子工程
丢下惊鸿一瞥
在落叶纷飞季节

丢下至爱的亲人
你也曾用力拉呀拉呀
使完了浑身的精气神

何时何地，何情何景
最后旅途丢下所有
一粒流萤微弱闪过
丢下蔚蓝色星球

三月来到北方

铁骑御风而行
三月来到北方
高人闻歌起舞，立场坚定
草民逆来顺受，面目枯黄
寡居的果木失色
爱情还在酝酿
蜡染的天空无语
寻找逃婚新娘

空荡荡的，沉甸甸的
三月来到北方
羽毛委身残雪
传说浸透芬芳
孤星划破夜幕
唤醒帝国梦想

三月来到北方
诗人心旌摇晃
仗剑茫然四顾
留下寥寥数行

鸵 鸟

鸵鸟把头埋进沙子里
它累了、困了、怕了
它在方寸之地找到了天堂

沙子温温的、软软的
记忆一样温馨
城堡一样可靠

沙子温情爱抚穷途末路的鸵鸟
沙子不说话
鸵鸟不说话
鸵鸟在心里不停地喊着妈妈

引力波引发脑瘫

你信，还是不信
上帝给爱因斯坦引见了引力波

你察觉，还是不察觉
引力波无休止搓揉星辰大海
从大爆炸算起
迄今已有 137 亿年

你想，还是不想
地球只是银河的一粒沙
银河只是宇宙的一粒沙

你害怕，还是不害怕
46 亿年了
地球游走在黑洞、白洞、虫洞嘴边
就像磷虾游走在抹香鲸嘴边

金子般的光阴

没有虚名
也没有阴影
金子般的光阴
没有伤痕
也没有野心
金子般的光阴
家人安康
家乡安详
不认识的爱人
在远方安然成长
金子般的光阴呀

晨曦里朗诵
月色下低吟
金子般的光阴
四海为家精神抖擞
行囊空空说走就走
金子般的光阴
读一整夜书
写一整夜信
做一整夜梦
梦见了前世今生
金子般的光阴呀

我在英国聆听风声

我看见天蓝蓝的滤掉所有白云
我看见橡树由于激动抖个不停
我看见草在动，簇拥着跑过窗前
一路追逐昙花一现的明星
我没有看见松鼠，我的芳邻

第 31 日，曼彻斯特市中心
我在无花果和橡树的浓荫下安眠
一翻身便碰响了远道而来的风
居无定所的风
捉摸不透的风呀
请走了友善的芳邻
合拢了晦涩的课本
把街上流行的英语拉成絮状
依稀鄂南山村里断续的乡音

我在英国聆听风声
想象风把黑白染成彩色
想象风从海岸刮向高原
想象一只鹰在风中劲舞
想象我的目光
因为仰望而永葆青春

人间四月天

大幕徐徐拉开
亲爱的四月来到人间
给活着的人带来希望、怀念和温暖

动物狂欢
植物狂欢
微生物狂欢
引力波狂欢
哦，爱因斯坦说过
引力波的狂欢是不分季节的

在四月
活着的人眺望、远足、敏感
为新鲜的翅膀或花朵浮想联翩
有多少人在四月试着写诗
写着写着俨然成为诗人
有多少人在四月想起诗
想起带来希望、怀念和温暖的诗人

坤厚里

剧终之前
灯光师打个哈欠
把聚光灯打到看台角落
打到坤厚里

一瞬间
强烈的光柱
照亮了雕花与花钵
古藤与藤椅
老花镜与万花筒
都镀上了金色
都被万千精灵簇拥
膜拜
暮色中
这一朵昙花庄严盛开

暮色中的坤厚里
远行游子如期归来
唯独声音例外
唯独声音
一走再没有回来

福利院

一滴水
又一滴水
来到了澡堂

一丝不挂水滴
一尘不染水滴
婴儿一样水滴
相聚于澡堂

不再演戏
不再看戏
只看自己
只看彼此

看着看着
水滴们噗嗤笑出声来

噗嗤噗嗤笑声涟漪一样
连成一片
伴着蝶舞
伴着花开
伴着冬至日的夕阳
照亮了福利院

也许我到过哈尔滨

也许我到过哈尔滨
也许那时我正年轻
也许在太阳岛上迷过路
也许在松花江上溺过水
一天三次到哈工大 836 信箱取信
来自江汉平原的一份爱情

湛蓝的天空，没一片云彩
湛蓝的江水，没一朵浪花
没有虚名，也没有阴影
金子般的光阴
没有伤痕，也没有野心
金子般的光阴

金子般的光阴呀
湛蓝蓝的秋夏
白茫茫的冬春
还有亚布力从天而降的欢呼
还有郑绪岚一往情深的咏叹
还有六月紫丁香花开了
你夹着相片的信也来了

到恩施走亲戚

凌晨一头雾水
深夜满目星光
一滴水从长江回到清江

苞谷和红辣椒手挽着手
回到屋檐下
游子风尘仆仆
回到了家
曾守的四爷和苏元芳的二叔
翻过山脊、田埂
赶过来说说话

打瓜胖乎乎晃荡着
野棉花红艳艳摇摆着
在金龙坝村
孙女露露不多话
房前屋后忙着
曾外孙女小不点不哭也不闹
看一会儿动画片就睡着了

野棉花

野女人
野汉子
野山野水
野棉花

满天星
土白头翁
打破碗花花
野棉花

喜温耐寒
到处安家
天生丽质
昭君浣纱
高海拔
野棉花

可点火
可入药
秋天开花
灿若云霞
野棉花

木槿花

有人说你来自日本冲绳
几年前被袁泉捧成了明星
我不信
我只晓得你就是邻居家的小妹
和我一起长大成人
我晓得你们家也很穷
一年四季总是光着脚
总穿一身灰裤子、绿褂子
最多在头上扎一条花皮筋
我记得你身体总是很单薄
但是很健康
不生病
也不怕日晒雨淋
我记得你总是轻轻地、静静地
屋里屋外忙个不停
我记得河边的菜园是你的乐园
和白菜、萝卜疯疯打打时最开心
我记得你当时并不孤单
出工、上学、走亲戚的路上
总是小姐妹们三五成群
我当时也没有和你多说话
也不觉得你有多么美
我不过把你当成了生活中的一部分
就像那些田野、院落、炊烟、烛光
以及
似乎永远也不会离我而去的亲人

红花鳍，白鳍豚

细雨微风后
山村升起彩虹
老人们说
彩虹落到小红山
就托身为九节兰
彩虹落进朝阳河
就托身为红花鳍

红花鳍真美丽
一看到红花鳍
就想到官庄的陈早香

一天又一天
我爬上河边驼背树上发呆
像以往一样
望着游来游去的红花鳍发呆
我对它们说
我不钓你们
你们告诉我
就这样一生一世待在龙港
还是也想去看看远方

红花鳍说话了
游在前面的红花鳍说话了

我们在锻炼
炼出了真功夫
一定会游到富河
游到网湖
游到长江
溯流而上到大汉口
见一见长江精灵白鳍豚

这都是四十多年前的事了
我也是五十多岁的人了
偶尔也回龙港
再没有见到红花鳍
一直待在武汉
从没有见过白鳍豚

红蜻蜓

农忙时蜻蜓也忙
农民在田间忙
蜻蜓在空中忙
农民在田间忙
不是白忙
蜻蜓在空中忙
也不是白忙

蜻蜓在水塘上忙
在水渠上忙
在水田上忙
正午过后
气温下降
蜻蜓和农民一齐转场
在打谷场起起落落
忙到夕阳西下
月出东山

地上有多少种花朵
天上有多少种蜻蜓
最美的蜻蜓是红蜻蜓
从三岁到十七岁
我捉过无数只蜻蜓
从没有捉到过红蜻蜓

美好事物渐渐走远

红薯饭，南瓜汤
脚鸡禾饨腊肉
妈妈缝的褂子、裤子
纳的布鞋，绣上花的鞋垫
新学期姐姐包的书皮，整整齐齐
同学们参观学习，羡慕不已

我们一起采过的蓖和竹笋
一起捡过的山茶果
一起砍过的苞茅杆
一起嚼过的玉米秆、茅草根
有点涩
有点浆
有点泥土的芬芳

美好事物渐渐走远
当年在彭杨小学
在白杨树下
是你给我系上红领巾
你系得细心
我记到如今

哦，彩虹

小时候
小山村
小丘陵
小河沟
小块小块的农田
小家小户的日子
小朵小朵的花
低眉顺眼开了又谢

微风细雨后
小小的彩虹
随随便便地挂在
树梢、桥头、路口
更多的时候挂在
生产队的打谷场上

小 苏

小苏从小就灵醒
长得就端正醒目
说话、做事总比别的孩子机灵

街上人都知道小苏
有一回
小苏低头过马路
与一台江西来的解放牌碰个正着
好个小苏
一骨碌钻到车身下面
拍拍灰就去上学了

街上人都知道小苏
街上人都会说
大难不死，必有后福
小苏就是活生生例子

街上人都说错了
三年后小苏随老苏搬离了龙港
又过了三年
小苏在一口小水塘淹死了

芦苇花开

一

白露、秋分
寒露、霜降
漂泊的一族
相约返乡
相约溯江而上
回到一轮月光

三月孤帆
去了扬州
夜半客船
去了姑苏
长江亘古奔流
载不走一方乡愁

二

长亭、驿站
港口、码头
天哪！这么多的人
相识的人
相似的人
相逢在路上

多少人相约赴死
可曾经过天堂
多少人相约求生
可否绕开地狱

三

风在空中荡漾
风是秦风
人在地上徘徊
人是汉人
芦苇一群群
肩并肩，手挽着手
低吟，或者默诵

蒹葭苍苍
白露为霜
所谓伊人
在水一方

沧浪之水浊兮
可以濯我足
沧浪之水清兮
可以濯我缨

四

说到黑
习惯说乌黑

说到白
习惯说雪白
说到冬至日的汉口江滩
习惯说雪白的芦花
绵延的雪景

不学无术、自以为是的人哪
芦苇不开花、只结穗
而穗子是灰白的

求生的人上不了天堂
赴死的人下不了地狱
无数你我奔波在灰白的人世间
湮灭在灰白的人世间

五

岁岁枯荣
生生不息
无家可归的吉普赛人
四海为家的吉普赛人
打散了又聚拢的吉普赛人
在刀剑上绣出花朵
在轮回中贴上金箔
让笨重的城市长出翅膀
忽高忽低地飞

单薄的芦苇
空虚的芦苇

被好人抚爱被坏人糟蹋的芦苇
结灰白穗进造纸厂的芦苇

蒹葭苍苍
白露为霜
所谓伊人
在水一方

山高水长

一

下雨就下雨吧
偏偏又刮了一阵风

说好给水井当媳妇的
改嫁给了天井
算好要吻上陈早香的
吻上了她辫子上的栀子花
本来要骑上芦花大公鸡的
降落在陈八斤的小鸡鸡

小雨滴、小鸡鸡都有点不好意思
都愣了一阵子

二

端午快到了
大白鹅勉勉强强下了几个大鹅蛋

黄泥巴也和好了
红毛线也找齐了
你再不下几个蛋
小强的妈妈不好办

这只大白鹅
这个风雅颂
这个慵懒散

三

茧子不能太厚
露水不能太重
太阳不能出来太晚

毛毛虫睡不踏实
像临盆前的嫂子一样
睡不踏实

萤火虫知道这个秘密
它提着小小灯笼
照看了一遍
又一遍

四

当肖细花不能说刘会才的坏话
当刘会才不能说肖细花的坏话

挨骂算是好的
搞不好要挨打

他们是娃娃亲
如今年过花甲、儿孙满堂了
还亲

不信你试试看

柳宗宣诗选

　　柳宗宣，湖北潜江人，出生于 1961 年。27 岁开始写诗。1999 年移居北京，曾任中国青年出版社编辑多年。出版过《柳宗宣诗选》（长江文艺出版社中国 21 世纪诗丛）；《河流简史——柳宗宣诗选》（北岳文艺出版社·天星诗库）；《漂泊的旅行箱》（百花文艺出版社后散文书系）。曾获深圳读书月 2016 年"年度十大好诗"奖。现供职于江汉大学语言文学研究所。

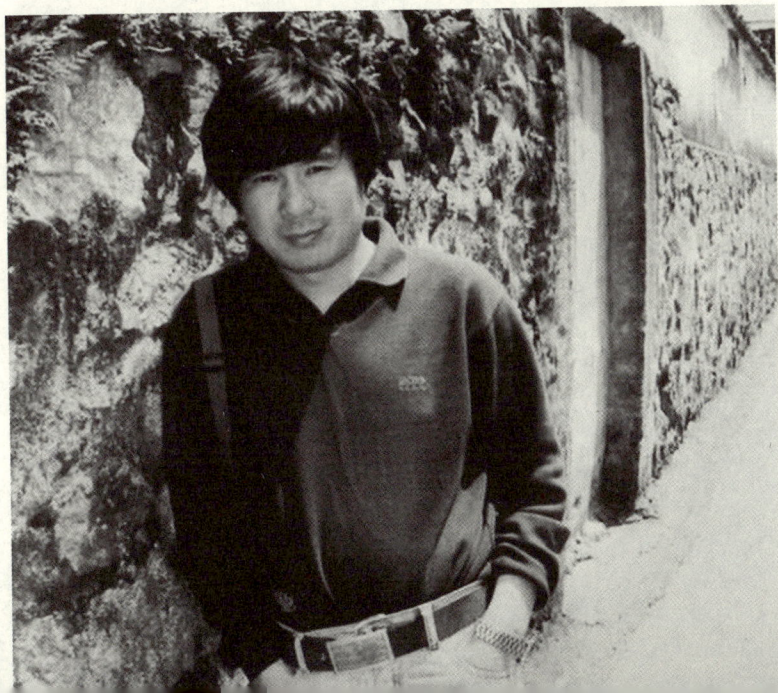

分界线

长途大巴车从雨水涟涟之中
忽然驶入，明晃晃的阳光里

那是 1999 年 2 月 9 日 8 点
你从南方潮湿的夜雨脱离出来

进入安阳地界。干爽的空气
阳光普照。天空一溜烟地蓝下去

华北平原——灰蒙苍茫而苍凉

2005，北京三里屯

藤 椅

——父亲不在了
那把椅子还在那里

用淡绿色塑料秸编织的藤椅
父亲哮喘病发作，无法睡眠

缓慢起床，颓坐在上面
一张拐杖搁在右边的扶手

父亲要我把藤椅从城里
送回老家——这是他对抗

疾病的依恃。紧紧背靠它
不正眼看人，对你不抱指望

最后那把椅子也帮不了他
他依靠了那根绝望的麻绳

没留下什么遗物，除了这把椅子
他的遗像也不知放置什么地方

阁楼蒙上尘垢的淡青色藤椅
孤零零与废弃的犁耙在一起

我看见了父亲，蜷缩其中
（一张面容模糊的肖像）

2009.11，汉口牛皮岭

友人家中寄宿的两夜

什么时候，能摆脱对酒的依赖
从北方回来，在武汉协和医院

我把自己遗失了几个小时
葡萄糖点滴让人恢复意识

从昏迷中苏醒，看见你
睁开眼，你出现在急诊室

把我带往你的家。沿路的酒气
单人铁床上，一夜嘈杂的梦境

身体分裂成一个个多余之物
它背叛了我，几乎带不动它

十年前某个夏夜。躺卧在你
宽大，铺有凉席的双人床上

汉口火车站的汽笛声隐隐传来
我在逃离过去的单位。前途未卜

你的沙发罩有钩花布，茶几上的
花格子布料，上面是光洁的玻璃

客厅弥漫你们新婚的温馨
在那里，我只留宿一夜

半夜醒来，在阳台上旁观
武汉的灯火——通宵未眠

我说我反对商业，它让我
和一张安静的书桌分离

酒气中，把内部的风暴释放
却付出几乎死去的代价

睁开眼，你听我说着酒话
百年生死梦幻，还可以醒来

一杯水放在茶几。一张便条
"水在旁边；醒来就叫唤我。"

2010.9，汉口香江新村

旅馆 104

除了自己明白
没有人知道你住过 104

没有留下任何印迹
仅仅寄住两夜就走了

扫描陈设，一如你刚走进
一床一椅一台灯一浴盆

一　间　空　白

你不知道谁在这里住过
无人知道 104 住过你

有时冥冥想起，你曾到过
某座城市，住过旅馆 104

1990.8，湖北公安

鹿 脸

我见到动物群中的鹿脸
超出在众多面孔之上

狭长的鹿脸，双瞳幽深
和蔼的光波荡漾

广阔原野，阳光普照蒿艾
鹿站在那里，纹丝不动

长颈扬起，叫鸣哀婉悠长
震动草木和谛听的人们

一张鹿脸缓解人类的恶行

现在，我看见一张鹿脸
紧张，惊骇
逆风而上，遁向野地

几十只凶猛的狼在追赶
同一只鹿相隔一米左右

渐渐的，一张鹿脸消逝无踪

1992，湖北潜江

镜 像（三首）

紫云英

好看的紫云英铺满田野
每到春天，我们将这田地

生长出来的紫云英
让它们去肥沃田地

——自己给予自己
美丽紫云英消失了身影

野 菊

田埂沟渠，枯黄茅草间
发觉它和我，依旧站在

平原一角。谁抛撒的种子
风中传播，河水花影摇晃

你来到乡野，就会碰到
行走的野菊花的身影

一个赤脚少年采摘野菊花
为他姆妈煎熬祛病的药汤

无人爱惜的少年能不怜爱它
一个少年爱上野菊花

谁会对他提出更高的要求
自生自灭又自恋的野菊花

开得热烈而寂寞，当树叶飘落
你好，我们的田野我们的家乡

燕 子

两只燕子停歇在阳台
毛发被大雨淋湿，轻微抖动

雨水让它们的身子变形
看到它们，身体不敢动一下

昨天，收到友人来信
他悲伤的情绪，传染给我

流浪的燕子，暂歇于此
被一场暴雨追赶

1994，国营后湖农场

高过楼顶的杉树

高过楼顶的杉树
我一抬头见到
高过楼顶的杉树

心中念出这个句子
高过楼顶的杉树
阳光照亮它的叶子

高过楼顶的杉树
随风摇荡它的光亮
高过楼顶的杉树

灰色楼房将它衬托
看到它们想到很多
而我仅仅说出这个句子

1995，湖北潜江

读《孤筏远洋》

浩淼的海洋。一只木筏
五六个人。一群向导鱼
仅仅证实一个理论

离开陆地为了发现陆地
星星转动在蓝色头顶
孤筏的帆影悬浮半空

一只飞鱼跳进煎锅
死亡横在面前；鲸鲨
寻找来路，巨嘴张开

燕鸥看到了那缕炊烟
大陆出现，珊瑚展开
血红的牙齿。海浪扑来

——孤筏没入水中
握紧绳子。如果死去就这样死去
死在帆索上，如同一个死结

贸易风带来云彩，身体平放沙地
我们找到欢喜的脚印，海雅达尔
在身体的外部，巨浪发出声响

1995，湖北潜江

少女胡美

少女胡美，从监利新沟
到潜江园林，为不知的命运

所牵引。少女胡美
从监利到潜江，把自己的美

放置荒凉的地方。从潜江
到监利，少女胡美

梦中回家，见到爹娘
醒来，泪珠儿挂在脸上

少女胡美，说话不敢看人
她不知道她有多美

这惊心动魄的美，让一个人
不安和忧伤

1996，湖北潜江

你看见一列火车

你看见一列火车
挥动长长的蒸汽手绢

茫茫戈壁。这人造的家伙
缓缓蠕动，似一条爬虫

如果你从空中俯瞰
就像一截漂移的木头

检票口。站台。地下通道
涌现的面孔。静卧的火车

空腹的巨兽，瞬息之间
吞噬掉蜂拥而至的人群

列车钻进了隧道
你进入了深长的黑暗

心一阵紧缩；暗中摸索
一会儿又来到光亮之中

从一节节空调车厢走过
忽冷忽热，同一列火车

人们面对着不同的冷暖
处境相似，却各不相同

紧急刹车。火车抖动身子
——人们受到不同的惊吓

轰隆声夹杂着凄厉的尖鸣
他们昏昏欲睡，张大着嘴

你在广播喊叫，我是柳宗宣
我要到你们中间寻找交谈者

从紧闭的窗口，人们往外看
当另一列火车经过无名小站

一张张饥渴的面孔在对望
不知道自己看见了什么

一匹黑马，奔跑而来
风吹动它油亮的鬃毛

与一列火车反向而行
你骑坐在了它的脊背

1996.6，甘肃酒泉

柳宗宣诗选

上邮局

今天想到你的死
父亲，你是用激进的方式
了结自己。在往邮局
发信的路上，我决定离开这里
单位快倒闭；院子死气沉沉
你不堪忍受用一根麻绳
把你与我们隔离。肺气肿
活着比死还难受。对兄嫂的绝望
还有我，在去看你的时候
你就开始策划自己的后事
要我把你埋在屋后的那块高地
我们贫困，拿不出钱把你送进
大医院。一个人对另一个人的死
无可奈何。你自己把自己解决了
把一大堆难题留给我们
炎热的夏天，你的尸身
弥留一股难闻的气味
作为对我们不孝之子的报复
某日，嫂子到那高坡上摘扁豆
一条大蛇盘在树上她掉头就跑
当晚雷电大作，她的嘴就歪了
我们认为这些与你有关
1989 年 6 月 9 日夜里
你死后两年三个月
你第一次出现在梦的
大雨中，和莲子在一起

我大声呼喊她，隔着窗户
看见了你：一张愤怒的脸
荆门。长途汽车站
一位老人在车内卖报；想见你
去贵阳做牛马交易。一双近视眼
是怎样在走南闯北
那是 1999 年 10 月 20 日正午
逆光之中的石家庄火车站
一个人和进出的游客交错走来
父亲，你忽然站在了我面前
有时，我回忆不出你的什么往事
你活着，我们几乎没有什么
交流。一日，我看着莲子
你孙女的身体
也有你遗传的血
和我们共同的家族病
父亲，你脸上全是麻子
像柳敬亭一样爱说书
卷着裤管捧着书站在窗前
月夜在村人中间树影斑驳的路上
讲宋江。送你入土时，李太发
把《三侠五义》放进你的棺材
今天，忽然又想到你
单位快死掉了，我就要去异地
讨生活。在往邮局的路上
你不停地在体内跟我说话
几年前总觉得，你是我的
对立面，与我隔得很远
现在，你就在我的身体里

1999.11，湖北潜江

即兴曲

出租车上，路边国槐
洒落它细碎的花蕊
淡青色的槐花
轻敷了一地
嗡嗡鸣响的市声中
它们悄无声息地播撒
有时，落在你的颈脖
或小学生的背包上
你正从编辑部出门
踩到它们细小的身子
地面的颜色和灰暗心境
被改变。时序进入初夏
这残存的美可以留恋
唯一的六月北方的槐花

2005.6，北京三里屯

玻璃中的睡眠

地铁列车驶往地面。原野的灯光
四散的楼群，电线杆和墨绿夜色
在玻璃窗上移动。我看见了
自己的头像，上方的下弦月
一个女人的头像出现在玻璃中
靠在了我的右肩上，然后挪开
再次接触，几秒钟后缓慢移开
如此重复三次，最后依靠在那里
她没有看见自己，玻璃中的睡眠

2004.3，北京梨园新居

棉花的香气

你来到我们的谈话中，当我
与爱着的女人在一起，谈论你
我最初的爱，在我们的出生地
是你启蒙了我，见证了你的
少女时代。花格子衬衫挂在
屋前杉树的枝桠。我在水埠头
月下吹笛；你在清洁房间歌唱
字典中查看与生殖器相关的词
你脸红了；我把床头灯关闭
黑暗中，你的呼吸我听到了
在床头不敢接近你又打开
置身光亮中。河边柳树下纳凉
仲夏风从水稻田传送它的清凉
月影在脚趾间晃动，乳白色的
树林，草虫鸣叫。猪獾攀折玉米
——我们的亲人们团聚在月下
你母亲在三更又唤你回家
如何绕过她的目光来到你闺房
村子唯一的高中生，和你到田野
杀棉铃虫小小的身子背着喷雾器
发现棉花的香气当我与你在一起
后来我们离开村庄，当我归来
我们的村庄退隐到记忆中去了
你找到男人嫁掉了，你生儿育女

我看见你脸上的皱纹，你的母亲
她驼着背老眼昏花不知我是谁了
我的出生地和对你的记忆在一起
对异性的体验对美的感知因了你
你曾到我工作的校园去看我
绕个大弯到那里正在晨读，你走后
看见晨光中的露水，你是我青春的
一部分。我在你老去的身体里窥见
忧伤的爱，你总在村庄向我挥手
但你是源头，我在别的女人身上
体验你，我们谈及你
就像你在梦中可能见到我
通过爱回到你的身边，通过少女
回到你的身体，回到说话间
突然关掉灯开关的时刻
我们的故乡远去的少年个人情爱史
隐秘的早年的欲望：想和你睡在一起
这已不可能。现在躺在小二身旁
和她通过交流抵达月色中遥远的流塘口

2005.7，北京梨园新居

旧居停留的两分钟

几十年前它空阔。那么大的房子
你这样自言自语。现在它变小了
局促的，缩水变形的旧房子

事物不是客观地展示它自己
随着观看者的意向而变化
庞蒂的现象学适合对旧居的观看

你的身体隐含另外的参照或中介
改变房子的空间，或者说这房间
就是你的身体，此刻被它打量

相互转化或可逆。你就是时间
的涌现：那消隐了的时光碎片
或生活事件——纷纷站了出来

母亲落气在客厅西边的小房屋
松开手中的零钞。眼睛闭上
房门随之关合。新来的主人

即便整修，时间的痕迹
随眼能捕获；旧窗帘从新床
一角露出。你来到阳台观望

燕巢没了。装修毁掉了它们
燕子惊悚喊叫，好像在怨怪你

为什么离开，让它们流离失所

电话从北方拨到这里，母亲提起
话筒——唧唧的叫声参与进来
从景山后街出门：一只燕子在飞

租房过道墙顶，两个泥色燕巢
对于你的出走，燕子的无奈离开
放弃追问，保持无法回答的含混

妻子和女儿，共生出不同的回忆
房子被迫出卖，她病过一段时间
郁郁伤痛——身体某个器官忽然

开裂，从她的身体。你回不去了
你的青春她柔滑内衣一本床头书
再一次丢弃——变得空空落落

蒙上灰尘的绿色邮箱空在那里
没有写信和收信的人。空邮箱
仿佛主人脱掉的过时的绿外套

一件容器，盛有你们淡忘的往事
个人的记忆和情感，交织在这里
你和他的混合空间——半夜醒来

从北面的阳台上厕所：子夜街道
橘色路灯下空无一人。世界如斯
孤寂虚空，你们摸索着回到床上

2012，湖北潜江

柳宗宣诗选

孤 岛

跟随雨的脚踪，他前往
那岛屿，被田野沟渠
绿树环绕的，从远处看
类似于孤岛的乡村中学

泥泞的道路连结着它
和十几公里外的农场
阴雨阻隔他和外界的联系
邮递员的身影也消失了

一部手摇电话从场部
转拨到分场，再摇呼到
这里。只能接听不能拨出
唉，雨中走投无路的时光

只见水杉林缝隙之间
雨雾迷茫的田野。出门
即见田野，碧绿和荒凉
转移到他的身体和意识

同孤岛相处，挑灯夜读
走廊梧桐树叶风中滑行
疑似有人叩门。他开门
脚掌般的落叶在此徘徊

这孤岛的孤寂塑造了他
顽固的午觉在那里养成
让他沉入慵懒，缓解重复
单调的压迫——时光让他

从自我的睡梦中，醒来
从熟悉的事物看见陌生性
阳光和空气；田野在转换
一茬茬学生，飘扬旗帜下

更新的面影，从田野四面
奔向这岛屿，又从此散回
到炊烟升起的地方，如同
铃声和炊烟，敲响或消逝

凹字形校园向南：菜畦田野
西边的河渠。池塘。水塔
教室北面的空地，空地边缘
的厕所，柏树环绕的土操场

多年后，它们转移到体内
转变成他的感情。他逃离
到了远方，孤岛在勾引他
返回那时空，却悄然消隐

池塘长出棉花。砖塔变形
单身宿舍夷成平地。操场
耸起电信塔。那矩形厕所
坍陷瓦解，找不到少年们

——奔跑的影子的喧哗
他在那里默悼，被时间改变
的空间地理。光线中蚊蚋
嗡鸣。一个声音盘旋其中

凡建立必毁弃。一切抵不过
荒草和时间；你不必在大地
寻找虚假记忆，最终被改写
在尘世。如果还有什么能凭借

可信奉语言，也得依恃典籍
将化成纸浆或灰烬。噢，不
不能这般虚无，你还得有所
信靠，不可听从幽灵的私语

2013，国营后湖农场

火车的故事

一条开往南方的火车
正在经过细雨中的长江
堰塘。起伏不平的岗地
火车没有固定的地方
它穿过北方的干燥，又迎来
江南著名的阴湿。经过不停留
它不把自己限宥在某时某地
经过我们的头顶，火车拥有
它的南方和北方。归来又离开
抵达又返回。车厢有粗鄙滑头
的南人，也有笨重涵养的北人
体内的人群，游离着更新
交汇冲突的方言。它通过
华北平原就朝向了准噶尔盆地
从不封闭在一个地域，一种意识
窗玻璃上的雨滴是不规则的
不停地冲撞——外面的界线
长江黄河，束缚不了它的头颅
也不沉陷于站台的回忆
短暂停顿，随时从楼群的包围中
出发，或穿行在新生的重叠
交叉的往事中。一列记忆火车
在一个人的体内，独来独往
电力大于内燃。从蒸汽机车的老旧

到子弹头锃亮灵动，走在迎面而来
命定的铁轨上。它的荣耀和哀伤
一辆开往南方的火车
经过了烟雨迷蒙的长江

2013，北京至汉口的火车上

鱼子酱及其他

冰箱里的鱼子酱让我回到
符拉迪沃斯托克，异国的旅馆
把鱼子酱涂抹在黑面包，吞咽
金水湾的海鸥金属般地鸣啾
掀开残梦一角。它们成群地
停歇在房屋的露台。白色粪便
散在有鱼腥味的空气，尾随游轮
展示类似诗意的翅膀，海面上空
翻飞停歇，红嘴接受抛给的面包屑
我看见两只白鸥站在伟人的秃顶
把它的排泄物撒到他的塑像
向人挥动的著名的臂膀上
似乎是刻意的。"有了鱼子酱
谁还需要鱼。"布罗茨基
坐在窗前的黑暗，观望过
这里的街道，和我们的到来
二流时代的臣民，不计分的游戏
而大地不闻时事，保持起伏形貌
宽敞与旷美，树木随意地长在
没有围墙的房子四周。人的谦逊
赋给了田地与河流，礼貌地生活
在三国比邻的远东，慵懒而闲适
战舰从海湾移置路边赚取旅游外汇
修饰过的原野，风物背后的政治文化

适度荒寂在那里；我们放弃国家
的概念，只在意它的美学意味
国际列车上频频张望，发出赞美
火车站像美术馆（墙面油画是真的）
时间和废弃的蒸汽火车头在此展示
它们的轮子似乎还在静止地转动
鱼子酱。回忆让一个词有了体温
和空间，异国的风物人事涌现
曼德里施塔姆（词语的崇拜者）
在劳改营写作家书，冰雪包围他
瘦得变形的身体。一只对峙的笔
尖锐的锋芒被磨钝。一个人死了
像一只海鸥，又能留下什么迹象
它却鸣叫出一个人的被动与执拗
黑面包内的鱼子酱有海水的苦涩

2014，汉口

宿 疾

她的身体残留着少女的影像
又有着少妇的妩媚
像个婴孩，一会儿像他爸
一会儿是他妈的侧影
时光似可倒流，她停在几十年前
还可以去爱她，你望了望夜空
有些伤感，在酒意中加深一些
秋日到来增添一份。爱就像
身体的宿疾，多年后隐隐发作
骨节疼痛，伤感，像少男少女倾诉
欢笑或哭啼。爱情又来了
你们把光阴消磨，不消磨又如何
就是用来消费的，就像你们的
身体是用来耗尽的。你把她神话
把你的想象附着在她的身上
这是你闯关的魔力。夜里
她似乎是唯一的光亮，奕奕
两个人到底里要到达何处
你们要着对方，究竟所求如何
不合法的激情，愿意死去的激情
那接近死亡的快乐，充实你们
也在你们的身上制造虚空
你还是你，她还是她
你过着你的日子，她也一样

柳宗宣诗选

平常得像路上任何一个人在变老
她还是她你还是你，轰轰烈烈的
那个女子抱拥着一个虚薄的影子
他在她身上安置的光圈消失
光阴流逝，你们成了两个陌生人
活得很正常，看上去挺健全

汽车咏叹调

我的汽车在呻吟。黄檗山顶
它爬不动了，找不到出路
从它体内醒来，在安陆县
绕行国道，避开红灯和警察
我的汽车在医院腊月的露天
陪守友人，整整等了一夜
路灯熄灭时送他回荆楚老家

夜行沪蓉高速路的明暗我的汽车
救援车绑架着它，它的玻璃破了
轮胎瘪了，它混淆在修理厂
错乱的汽车残骸中，它回来了
从隧道里脱颖而出。一个冬夜
和朋友从酒吧出门，哦！下雪了
你们钻进它体内储存的暖意

穿行着从重叠的立交桥描画弧形
汉口蛛丝的街道没有你们的位置
越过长江大桥拱曲江面上的雾霾
驶往不确定的明天——它路过
公车车站冷风中收缩的男女
塌陷的洞孔。惊心动魄的车祸
车库空荡荡，你帮它擦洗污点
清洁油路积碳。汽车不说话
它给了你自由；如不好好待它

柳宗宣诗选

就会把你的自由给夺走
我的车累了，我的车病了，我们前往
法眼寺。车内端坐穿袈裟的明一
我的汽车铂金灰，灰且暗
我的车在高速路上缓慢地行驶
刹车灵敏——是它最大的本领
我的车的底盘沾有乡村的麦秸
我的车也有户口本和身份证
我的车避开围墙上冷漠的探头
我的车从不购买商业保险
遭遇各色同类，不和它们擦碰
我的车时常停在地下车库
我的车寻找车友会。驰骋在
没去过的地方，把生活的半径扩大

开罚单的警察。红色加油站
宋氏汽车美容店的勤苦洗车工
GPS 销售商和车检中介盗车团伙
汽车缝隙间发放广告单的老妇人
后视镜退去的荒草和步行的狗
我的车内堆满图书和 CD
我和我的车，共颠簸同起伏
人车一体。九死一生的
我和我的汽车重现在大路上
它的任何响动牵扯身体的经络
发动机啊，在我们的身体里轰鸣
当大雾迷茫，抛锚在焦虑的服务区
你不好好待它，就将你的自由给夺走

2014，汉口

论湖怪

它是谁我们不要去知道
什么样的身子和嘴巴让牛羊失踪
它也不是明确的哲罗鲑
它不知道人是啥
人也不知道它是谁
它是湖怪，是无名
藏身在迷幻的喀纳什
我们不要去动它

2015，新疆阿勒泰

在三角湖

这可不是人为的特意打造的湖泊
校园的滨湖路，反为它而弯曲
我们的行走因了它而有了曲线
不规则的湖光映照到图书馆向东的
玻璃窗，折射到一个戴近视镜女生
的镜片上。她正读到弗洛斯特
《一个男孩的意愿》其中一句
"蝴蝶凭着黑夜变暗的记忆寻找
昨日欢愉后歇息过的某枝花朵。"
诗人在校园里出现就可以了
多么绝妙的邀请①。他一出现
就带出了飞鸟与湖泊，牧场的泉眼
垂柳弯曲着投映在云彩浮现的水镜
这里的空气发生了变化。灰椋于飞
以其天赋的弧线；黑色的八哥
用它的嗓音去叫鸣吧，出没在湖心岛
蒿草或菖蒲间起落，携带原始的气息
歪脖子的杨树，长在那里就是了
不可规范矫直它，以适宜人类的观看
我们热爱的古老意象，穿越了时空
生长于此又回到这里，透露神妙
野生狗尾草倾向碑石（我指给你看）
弗洛斯特散步过的词语描述的林间空地
位移到三角湖边，正透射暮晚的光线

你和我，和三三两两散步的男女
三角湖②的秋风吹乱了你们的裤脚和思绪

2016，江大 J16 栋语言文学研究所

---

① 弗洛斯特被聘为达特默思学院教授，唯一要求是他能到校园走走，
　　让学生们见到诗人。
② 三角湖为江汉大学校园内湖。此诗赠诗人育邦。

飞雪与温泉

你用过的奥托汽车到哪里去了。我仿佛
坐在副驾室，在人大找打字店从一个坡地
滑行。你推向它走向修理店，皇亭子诗会
迟迟到场，它让你快而变慢——这山中重逢
它从说话的缝隙向我驶来，大别山中的风
吹散夏日汗渍。凉爽，你我体会着这个词
半亩园①众声喧嚷的鸟语，似乎欢迎我们到来

你说过的话，我知道它们的来路
个人的异域。纽约机场一路畅行以诗人的
身份，用母语写作又以英语来转换，东西南北
我们谈话，的时空，交汇到李白的"白云边"②
干掉它——诗事、国事、家事，随酒意散逸
白庙胡同夜半的泪水间你写作《帕斯捷尔纳克》
让我也含泪读它，身体颤动交换耻辱苦涩
——说出它，需要冰雪来充满我们的一生

追随你，我触摸你词语中的北方
电车上看见大片的雪落满京城，辽阔伟大
愈飞愈急的飞雪，它倒让我的租房明亮
你驾驶私车回返北方之北，遇到大雪似的羊群
质朴广大急速旋转的华北平原，是让我们看一眼
才出现的。忍住泪水，忍受住一阵词语的黑暗
八九年某夜空中子弹的弧光划过胡同你的窗口
家园在哪里——我们必须在自己的语言中流亡③

山泉缓冲脊椎静脉。仰卧在此
清碧洗濯身心。我想对你说我们过了真实的一天
身子半裸随泉水晃漾。我想对你说，我追随你
又远离，试图打倒你，如同反对另一个自我
今天，兄弟般相聚在对词语生涯的重温中
富含钙质的山泉潜入体内——你我共有它
山风习习吹拂苍茫世事。我们在挣脱中出现
又消隐不见——群峰之上正是夏天

　　　　　　　　　　2015，汉口牛皮岭，为王家新而作

————————————

① 半亩园位于黄陂红界山中某茶场。

② 白云边，系湖北名酒，此酒得自于李白诗句，"且就洞庭赊月色，
将船买酒白云边。"

③ 引自王家新旧作《反向》。

柳宗宣诗选

中卷

词语是他们赖以存在的居所

写诗作为自我教育（外四则）

◆ 靳小蓉

　　决定要好好练习写诗。一件事情，既然喜欢做，经常做，就要把它做好，这是提升自己生活质量最重要的方面。很高兴又能回到这件事情上来。

　　常想起木心这段话："人生之中，庸俗之辈包围，很难成功。爱情最难。亲家成仇家，因为了解，骂起来特别凶。如果你聪明，要准备在政治、人生、爱情上失败，而在艺术上成功……人生，我家破人亡，断子绝孙。爱情上，柳暗花明，却无一村。说来说去，全靠艺术活下来。幸也罢，不幸也罢，创作也罢，不创作也罢，只要通文学，不失为一成功。"

　　只要通文学，不失为一成功。木心还说，贵妇人散步，遛狗，我遛思想。同理，有钱人上街，买名牌，我上街，坐银行大厅里写一首诗，得到的快乐是一样的。

　　写诗更重要的价值在于它是一种自我教育。思想的局限，并不因为你不表现它就不存在。相反，一说一写，表现出来了，觉察了，才有可能去改变和提升自己。写诗，就是一步一步留下思想的脚印。

　　《陌生人》这首诗是昨天上街在万达街口的银行大厅里坐着写下的。这首诗是一种真实情绪的流露，但真实的未必就是好的。"春节结束了"，这是时间背景，春节是各种人际关系浓稠搅和的时段，温暖的也好，纠结的也好，终于令人疲惫。所以突然上街，置于陌生人之中，这种清淡自由的关系顿时令人感觉解脱。你无须再跟人比较，也不必关心与被关心，不必在意别人的想法，别人也不会因为你的存在而矫饰自己。这首诗的上节基本上是消极否定的，是对人世沉重的一种消极避让。那个黑红脸蛋的乘客，就是我的亲人们，我欣赏她脸上的淳朴，但现实中，她们被剥夺被损害有苦无处诉，她们的处境让你揪心，让你愤世嫉俗，让你对生活只有批判的热情而没了赞美和享受的热情。但难道因为是陌生人，你就不必关心她吗？这是不是一种不正确，一种逃避，一种冷漠？我不知道。昨天这样想的时候，想起Z说她母亲"很独"，还有两位老师也被朋友们称为"很独"，原来南方北方都有这个词，说一个人很"独"，有冷淡，不合群，不关心他人的意思。我想自己是不是也可以用"很独"这个词来形容，甚至惯性般地想到一句广告词，"没有最独，只有更独"，从某种程度上来说我比他们可能更"独"。这不是一件好事，至少不是理想的、可以作为终极目标的状态。

波德莱尔写过关于陌生人的诗，喧嚣轰鸣的大街上走过一位穿着重孝的女子，他震惊于她的美。她走过去了，永不可能再见了，但那一瞬间，他曾对她钟情。这首诗非常经典，有一首英文歌就是根据这首诗写的。它是一种肯定，一种赞美。这才是诗，诗的本质在于肯定和赞美。最初是很难理解这句话的，在长期的阅读和写作中你就会渐渐体会到。否定和放弃不符合诗的法则。所以《陌生人》的前半是失败的。后半稍好一点，也只有一两句勉强及格。

否定其实可以转化为肯定，在于怎样去看，怎样去写。

2014.2.8

纳博科夫小说中的时间

时间作用于每一个人。在中国当代作家那里，时间往往是撑竿跳高运动员手中那根竿——他们凭借它证明了自己战胜了被侮辱被损害，经过顽强的挣扎而站了起来。今是而昨非。或者时间根本就是一个无赖，一个恶魔，一个深渊，一个无底洞，人终被其吞噬，一切归于无意义。

小说家企图摆脱时间的束缚，可能正如诗人要摆脱诗行的束缚一样，是一件困难的事。

纳博科夫处理时间，符合卡尔维诺所说的"轻逸"的原则。他在《说吧，记忆》中，多次写到记忆的被印证，他说重现的记忆就像落花飘向水面，与水中的镜像完美地印证在一起。他肯定了记忆，反抗了时间那吞噬性的魔力。这是我无数次赞美的纳博科夫式的优雅。

2015.4.8

小说家的有情

一直喜欢诗人胜过小说家，觉得诗人更关注人的心灵。这次读金宇澄之后问他，"小琴之死是不是报应？"金回答说，细心的读者其实会发现，日记就是真实吗？哎，完全就是我内心问的那句话，我以为只有我体会到了。我数次遇见这样的情境，哪怕你对一个人倾心相待，对方仍抓住你日记中的段落来问，原来你还有那么多世俗的计较，原来你并不真的爱我，甚至可能另有所图……

其实我都把这种指责理解成无意深入理解一个人的一种借口罢了。试想一个人把无尽的忧虑宁愿倾吐给日记也不在你面前表露，该是怎样的隐忍与体谅。老金一语道破，好似卸下我心头多年的重负。也为之前粗率地称《繁花》作者对人的体恤不如《海上花》而感到抱歉。

后来读到老金的散文《马语》，写自己三年马夫经历对马的了解。写得真好。突然发现小说家在对事事物物的描述中都有对它们的细心体察，这种附着于物质细节的真实的有情，比诗人出自对自我处境（延伸开去就是人的处境）关怀的有情显得更深远，更不那么自私，更感人。

老金改变了我对小说家的看法。

2013.6.11

写 作

活到什么份上，就能写到什么份上。

我不再担心语言的问题，重要的是活法。语言是随着体验走的。

2013.4.8

在老家想起黄锦树

　　暑假带着孩子在老家住了二十多天。记得上次回老家，天空特别蓝，阳光特别灿烂。当时我想，不用去找普罗旺斯的阳光，不用看阿尔的麦田，这一切在家乡全有；我坐在老家的阳台上就像置身于艺术世界的中心。

　　住久了又不同。住二十天它就像十九世纪的欧洲小说。在乡村医务室，我每天下午去打吊针，因为皮肤过敏。那个医务室让我想起包法利先生的诊所：一个老农来接他挂针的老婆，讲的全是下午他怎么把跑出栏的母猪关回去；一个打工回来的中年男子说起年轻时啥活路都不怕，现在人有了怕意；一个老妇来问她的眼睛是不是白内障，医生看了说是，说等全遮满了再做手术。一个老头在打封闭，他因为持续地打农药胳膊肌肉损伤。一个青年男子躺在门口那张躺椅上，他农药中毒。

　　我想起黄锦树写的马来女人，她走在田埂上，她们的房子在树丛中。这些实实在在的人，实实在在的生存。我想起曾有人抱怨说，现在所有的小说写的都是乏味的偷情。至少黄锦树写的不是。

2011.8.29

白话百年中国当代诗人微访谈

——刘洁岷答杨黎问

访谈按： 中国当代诗歌就是指新文化以来，中国的白话诗、新诗和现代诗。今年是这个诗歌的大日子！从胡适发表《新文学刍议》和他的一组白话诗，马上就到一百年了。为了纪念这个日子，总结与研讨，废话教主杨黎带着"四中"校草李九如一起做了一个非常有价值的中国当代诗歌系列微访谈。为什么说"非常有价值"？从所覆盖的人群，问题的深度，到回答的精妙，都值得反复一读再读。

一、你认为中国当代诗歌最大的成功是什么？没成功的话那最大的问题又是什么？

中国现当代诗歌经过了百年的发展。白话诗的萌生（1910年代起）、现代诗的草创（1949年以前），现代诗的掘进（1949年后的台湾诗歌和朦胧诗）、现代新诗的扩展和实验（第三代诗歌及1980年代诗歌）、现当代诗歌的整合（1990年代诗歌），经历了这六个阶段，进入新世纪后，中国新诗已经迈入的"新汉诗"的形态与内质。总体判断是成功的文学体裁生成演进。成功之处主要在于：1. 典范性、形质兼备的多种审美范式的诗歌作品不断涌现，已经积累到了不输于任何艺术门类的精品总量。2. 将汉语语言的诗性拓宽、加深到了以往不可想象的地步，而且已经逐步能够汇流到世界诗歌并与之互动与互惠。3. 外国诗歌的汉译成就斐然，比如郑振铎翻译的泰戈尔、冯至翻译的里尔克短诗、王央乐翻译的聂鲁达《诗歌总集》、李野光翻译的埃利蒂斯、杜国清翻译的米沃什、柯雷和马高明等翻译的荷兰诗歌等等，翻译使得这些诗歌的杰出在汉语里焕发出典范的光辉，终成了中国新诗、新汉诗不可或缺的一部分。新诗"失败"谈不上，如果说有阶段性不足的地方，主要表现在：1. 新诗的教育的失范与阙如，这与诗歌审美的非主流身份相关，等等。2. 新诗的边界在不断尝试与跨越的同时，也有待于在一定程度上厘清，呈现基本的可辨识"共同体"动态规则。3. 诗人个体的主体性建设还不够强健，诗人群体也被钳制了创造力和影响力。4. 诗歌传播时常被权钱和反智压制，处于不可置信的处境。5. 诗歌批评与诗学研究作为诗歌繁荣发展的重要引擎不可或缺，但其与创作前沿脱节被认为是常态（虽然时有闪光点），对过往与当下诗歌秩序的梳理和建设还可以更主动和有力一些。囿于自身的感受力和判断力的不够尖新与某种妥协意识，有一定影响力的诗歌批评家的精当批评和引领性还亟待加强。

二、谢谢你的回答。对于第一个问题，几乎都给了中国当代诗歌肯定。而这种肯定，都和语言紧密联系。那么我想请教你，中国当代诗歌究竟为现代汉语提供了什么新机制和新内容？顺便再问一句，现代汉语和古白话又有什么本质的差异？期待你独特的高见？

在回答你这个问题之前，容我聒噪一番我的两个个人化的诗学概念，即词晕和语晕。

一是词晕。我认为词作为语言的一个基本单位，是单个概念的符号。每个词都是有"晕"的，即"词晕"。《说文》有言，晕"日月气也，从日军声，王问切"。直译为，日月散发之气形成的光圈。"词晕"是一种隐喻性的理解，即词像太阳一样是本体、光彩、温度的三位一体。

在我们的理性与意识里有两种"词晕"，一个是词典里的，可以称之为"公共性词晕"，那种规范的解释（可算是"本体"，随着时代的变迁这种规范解释也会被修订）可以像语言学定义的那样，始终包含着双重的统一性，即语音的统一性和概念的统一性，但这种统一性到了个体的感受性上，必然是会有一定的差异的，换上我的说法，即我们翻到书页中的某个词，无需阅读，即可感受到一种人与人不完全相同的"词晕"（当然，其中自然也包含有一个词的基本公共性部分）——在科学理性的语言使用中，这种处于规范应用形态下的词晕是稀薄的、"黑白"的，是尽量接近于词典中的公共性词晕状态的，虽然由于个体的差异，各个科研文体作者在使用中略有些差异，但这种将活跃于形象思维文体的"词晕"已在此被概念化地陈固在了休眠状态。一个是与每个个体经验密切相关的每个人头脑里对该词的大致感觉，因为情感与经验的介入，这是另一种"词晕"，我们可以称之为"个体性词晕"，比如"母亲"（"母亲"是成年人用语，随着年龄的增长，母女或母子感情的变化，这个词的词晕对具体诗人来说都不一样，"姥爷"（"姥爷"是北方方言，对于一个打小使用该词，与一个只是在书本和电视里了解这个词的人来说，其词晕有不小的区别）、"香烟"（有烟瘾者与无烟瘾，对性别不同者形成的个体词晕是不一样的）、"麦子"（亲手栽种过的，与家里是农村的人的该词晕不同，海子使用过后，在汉语诗歌里，在汉语诗人头脑中的词晕都多少有点变化）、"戈壁"（在青海待了几十年的湖南人王昌耀与一个湖北人的感觉不同，一个湖北人到过西部前后，戈壁的词晕就不一样）。也就是所有的词，在我们各自的脑海里的印记都是不一样的，这构成了另一种对诗者更重要的词晕，这种词晕也会在诗作者在写作状态里，在语境的压力下有一些微妙变化。

二是语晕。词晕不是恒定不变的，而是在变化中获得的，由多个词晕排列组合的语晕就构成了诗歌。中国文化中，研究变化之学最为精深广博的当属易学，其意理也能够借以阐明词晕、语晕之于诗意萌生的真谛。"易"就是变化，万事万物都处在"易"中，易学就是研究"易"的理。伏羲的先天八卦是用来算天时地利的，而周文王的后天八卦是用来算人情世故的。但不管如何算，每一卦的意义生成都是在卦的排列组合中实现的。《周易系辞》里的"刚柔相摩，八卦相荡"指的是刚与柔（阳与阴）相互摩擦，八个卦象相互砥砺。在不停地摩擦和砥砺中"鼓之以雷霆，润之以风雨"万物相生万物相克。在相生相克中，万壑春渊生机勃勃、昼夜寒暑日新月异。周文王就好比一个诗人，八卦就好比八个词，《周易》中的六十四卦就好比八个词的六十四种排列组合，意义的生成就是在每一次排列组合中实现的。诗人们的工作总是在清洗辞藻激活语词，在语境的构造中让那些休眠的词重新获得词晕，又因词晕的有效搭配超越语法逻辑地形成语晕，一个完整的语晕系便是一首诗歌。诗人的写作过程，是根据自己的心理的与感官的感受，来调遣那些被自己个体词晕把握的词语，让那些能够形成包容、吞噬或友好界面的词晕形成有诗歌价值的语晕，这些小的语晕再一团团叠合、贯穿、涨大（各个小语晕里的词晕勾连成分先后发生作用）而形成彩色的诗歌语言团，语言的形、色、音、味、义构成了独立的自足体，开始了其光彩熠熠的有生命力的行程。一位优秀的诗人，在调取、遣用词语时在语境里语晕的构成，而不单纯是语法和那种表意。也许当使用一个词的时候，这个词的词晕是微妙的或只是靠直觉与潜意识察觉的，但诗人们一旦捉住了词晕铺展开来形成语晕之时，诗歌便有了光彩和温度及作用于感官乃至心灵的力道。当然，对于优秀的诗人，他或她只需直觉与天启般的灵感，加之写作训练中的一些可以动态复制的经验就够了，而不需要我们这些为了便于分析研究所使用的这些概念。

回到您的问题上来。我认为，当代诗歌以持续有效的写作成果不断更新了现代汉语的词晕，使得汉语的诗用词汇在大幅度增加的同时，经历了诗意饱满的词晕浇灌。换句话来说，从一个词出发，围绕着这个词产生的一系列诗的语晕陌生已经非常丰沛与强大了。汉语诗歌在新的创造中有着更高的高度和难度，因为前面的成功和失败都预先摆放在那里了。这也说明了，为什么早期现代我们看起来那么稚嫩的新诗都那么有影响力，几十年前一个简单易行有点出新的诗歌技巧或句子都那么引人传颂，而如今就没有这么简单的道理。因为伴生于现代汉语变迁的新汉诗来跃升到了新的纬度。

现代汉语与古白话都是各自与当时代的会话和书面语言密切相关的，各自处于各自不可替代的语境中，语境中的三观、文化、风俗等皆有了变化，但具有典范性的诗意仍然留驻其中，成为传统或创新的障碍。

三、很好，谢谢你的回复。在做这个微访谈时，我们在白话诗、新诗、现代诗、现代汉诗和当代诗歌等好几个词语中费了许多脑筋，总觉得没有最为准确的叫法。说新诗吧，那它针对什么旧呢？而且已经 100 年了，也不能一直这样叫下去。说现代诗歌吧，难道它不包括当代吗？说现代诗，其实好多诗并不现代，难道就要拒绝在这类诗歌历史之外？所以，我们真的很迷茫。所谓名正言顺，为中国百年来新的诗歌找到自己的名字，的确算一个迫切的问题，而且我们还发现，没有准确的命名，应该是中国现当代自由白话新诗最大的隐患。对此我们再次期待你的高见，找到最准确的说法。

白话诗、新诗、现代诗、现代汉诗、当代诗一路叫来都有其合理性，但终究莫衷一是。

我个人认为这个东西精当的名字可能是"新汉诗"，特别是在新诗已经诞生了百年的时刻。这个名字曾是我 2003 年对我们主办的一个诗歌民刊的命名（该刊物到 2008 年暂停至今）。当时我写了一个"新汉诗"的基本理念，是对刊物而言的，但也可以算是对其内涵做了一次初步的个人化的思考：新汉诗力求规避个人的或集体的范式书写，它是复杂多变、深邃广远的汉诗新文本集散地；新汉诗松散、开放性地集合了若干激进的形式主义者，他们秉持相对保守和狭义的新诗标准；新汉诗致力于探索汉诗的本源与新质，尤其特有的政治伦理概念和语言的道德立场；新汉诗的泛流派和泛地域性的，主张并倡导整合意识下的非风格化写作。

"新汉诗"之"新"是相对于庞大、历史悠久的旧和古典，"汉"是指汉语（我们的母语）及汉语性。汉语性是新诗的最本质属性和魅力之源，它囊括、覆盖了民族性、地方性和世界性，专注于汉语性甚至也可以打通、发现、发明汉语悠久的古典诗歌传统，专注于斯，其他的焦虑可被视为虚妄。

四、好的，你的说法有道理，但你也知道这样一个事实：这种诗，我们已经写了 100 年了。100 年好像不长，但肯定也不短。亲，就你的阅历和学识，在这 100 年，有哪些诗人、哪些作品、哪些事件和哪些关于诗的言说，你认为是有价值的？有发展的？至少是你记得住的？我们必须面对这样的问题，因为我们必定是一个关于诗歌 100 年历史的访谈。辛苦，辛苦。感谢，感谢！

关于这 100 年来的人事与作品，那是一大本书，在这里盘点太难了。我个人倒有个反经典化和历史化的想法。比如，我也可以拉出这么一个名单：水丢丢、叶球、沈杰、宋尾、青蔻、潞潞、修远、叶辉、黑丰、桥、梅花落、田桑、潘都、雪鹰、高柳、路亚、拉家渡、虹影、杨章池、苏瓷瓷、铁舟、梅花落、陵少、陆陈蔚、杨黎、余笑忠、鲁西西、哑石、沉河、臧棣、王寅、默白、西渡、陈超、柳宗宣、周瑟瑟、黄斌、蟋蟀（林柳彬）、张尹、海因、罗羽、田雪封、洛卜卜、李龙炳、姜涛、舒和平、叶匡政、冷霜、寿州高峰、周瓒、马永波、盛艳、哑君、雷武铃、余心樵、曾德旷、亦来、梁小静、李龙炳、木杪、颜彦、张永伟、余秀华、致水、赖彧煌、陈舸、灭人欲、吴季、小凯……估计行内人士看起来会觉得"无序"得晕菜。这个名单是我在阅读过程中遇到了有过至少一首作品在我看来是非常有独特文本价值的，那么我们是否可以下足功夫研究解读他们的作品，哪怕只是一首。而且这一首不代表他的整体创作，也不意味着作者将来是否是经典性的诗人，有的是在不自觉状态下的误打误撞，这种超其水平的发挥又不可复制和繁衍。但我认为，即便是一首，也是新汉诗发展到一定阶段由诗人共同体激发出来的成就，只要是文本价值独特和强大，可值得大力推介与传承。这样就反拨了我们诗歌史那种以人以流派以刊物为线索的讲述。拉开更大的时空，对于千年后的读者，他们面对的仅仅是文本而已，一个诗人，贡献出一两首就足矣、就是大福报了——新汉诗的民主性和诗权也就在其中。

既然聊到这，我就顺便讨论几句"废话写作"吧。诗歌的"废话写作"是内行之语，强调的是诗歌的超语义和超验精神，这种精神或气质是诗的高级与傲娇之处，即无论是如何低俗、世俗或遁世，诗歌的神韵都可以到达出神入化。这里绕不开的一个概念是现代语言学和符号学之索绪尔的所指和能指（概念和音响形象），记得杨黎也几次提到这些。应该说，索绪尔将语言符号内部进行这种划分是非常有洞察性和严密的，但他说"能指与所指的关系是任意的"指的是符号体内部，而我们不能把能指与所指误以为是现代诗学中形式与内容的简单附比关系，罗兰·巴特早已指出，所指与能指各自都有两个层面，即形式与内容。诗歌我们可以理解为一种语言实体，这种实体只有把所指与能指联接起来才是可能存在的，况且能指只是一种中介物。所以我认为，并不存在单纯的能指滑动以及单纯的废话写作，在诗学意义上也只是强调了特别注重形式的"革命"性，以及一种意识形态上的隐晦抗拒。

五、谢谢你回复，让我们的访谈很有价值。在前面四个问题之后，我们觉得有一个绝大的问题必须摆到桌面上来：这个问题，就是诗歌的标准问题。诗歌到底有没有标准？或者说有没有唯一的永恒的标准？笼统而言，"古代诗歌"似乎是有标准的；而自新文化运动以来，白话入诗，诗歌事实上陷入一种先验的迷惑中：它至今也没有完全确立自身，或者说，它需要像中国古代诗歌一样，确立一个标准码。说白了吧，上追千年下启万世，到底什么是"诗"？期待你指教，并先谢。

百年新诗，在创作主体、文本形式上既然都已经艰辛地获得了独特的艺术形态，那自然就要考虑且建立这种艺术形态的独特、有效的衡量优劣的可靠标准，一种科学化的评价范式。从古典传统、国外借鉴、日常会话以及基于 1910 年代至今的所有成功或失败的诗歌历史文献等角度而言，我们都不能简单地进行承继或反驳，需要一个诗歌创作和诗歌研究共同体去耐心寻找其中的最大公约数，或者在一种共同协作的对话中达成共识。新诗、自由诗看似形式的不定型中已经沉淀出了许多可以估测的审美判断指标，对这种动态指标的更新和掌握是从事创作、批评、出版传播的同仁要致力一生的工作。新汉诗创作成就斐然同步于其秩序、标准、传播的不尽人意，说明新汉诗的年轻态，所以，作者、读者都还要有恒心和虚心，不要被既有的名诗歌史、名诗人、名批评家、名刊、名选本的成见所拘绊，在尊重客体文本和观照他者有益经验的同时走向自洽又具公共性的阐释和评价。

六、谢谢你。关于中国百年诗歌的访谈，问题还多，但已大致有数。这里，我们想用一个古老的问题作为我们访谈的结束，那就是你为什么写诗？或者说是在今天，世界已经发生了那么大的改变，而你为什么还写诗？写诗，对你究竟有什么好处？

人之生命的流变天然需要另一个相应的非生命的艺术载体与之对称、平行。这个非生命可以是艺术门类的任意一个或几个。这样，人的生存就不仅是一个生物体狭隘的快感或忧愁，记忆、再记忆和体验、超验以及幻觉也就有了新的审美价值。诗广义而言是一切艺术的魂魄，狭义而言，诗是语言的最高阶，诗不是反映世界，而是营造、创造世界，其高超或魅惑自不待言，同时诗也是一个最平民化、最低物质成本的艺术形式，因为语言材料俯拾皆是，诗情比诗歌还要古老。诗歌或诗歌写作是诗人的本能动作，是其伟大而平凡的精神伴侣，世界时快时慢变化无常，诗歌从容笃定自会校对更加精准、柔软的另一面时钟。

七、哇，访谈完了，我们才发现是六个问题。而我们算了一下，六个问题不吉利。所以，我们必须麻烦你，再回复我们一个问。不过这个问比较简单，也很好玩。你可以不回答，但不能不回复。一定。我们的这个问题是关于写诗与性的关系的问题。也就是说，写诗对你的性想象和性行为有没有影响？期待你的回复，多谢多谢。

诗与性，很好的一对互喻。

访谈录：江城是我第二故乡

—— 李强答邹惟山问

邹惟山（以下简称邹）：一个人的写作总是有他的背景，有他的历史，有他的原因。你是在什么背景下开始写诗的？

李强（以下简称李）：孩子没娘，说来话长。因为历史的原因，上大学前根本就没有认真地学习，包括学语文。1979年考上华中工学院机械工程二系锻压专业，也与诗歌风马牛不相及。接触新诗，纯属偶然事件，就是一不小心在华工邮局买到了1979年10月的《诗刊》，这一期是朦胧诗专号，上面有当时崭露头角以后引领风骚的北岛、舒婷、顾城等的作品，一看就喜欢上了，完全可以说一见钟情。大学四年，主修主业之余，也偶尔"学而时习之"，人生历程从此与读诗写诗相伴随。前一阵子见到《诗刊》副主编李少君，还谈起此事。我至今还珍藏这期《诗刊》，至今还能背诵其中的一些诗句，如湖南诗人徐晓鹤的《珠江》：你的歌声是珍珠般晶莹的闪亮，你的欢笑价值整个春天的芬芳。我知道你流过一片富饶的土地，那里是红豆和甘蔗生长的地方。

关于诗歌创作的状态，说起来惭愧，断断续续，若有若无。自我解嘲曰：职业属主序列，创作属个体户。1983年大学毕业后，先后进工厂、读硕、读博，从事社会科学研究，调省、市、区、县四级党政机关，知天命之年后就任大学校长，职业生涯不停变动，诗歌创作一直如新手上路，摇摇摆摆。主要原因不能归咎于忙，而是主观上从没有把写诗看得太重，完全没有成名成家的冲动；客观上既没有拜师学艺，也没有抱团取暖，在提高与发表上均处于不利地位。到目前为止一共写了五百首左右，搜搜箱底，也到不了六百首，多数在媒体公开发表，包括《人民文学》《诗刊》《星星》《中国诗歌》《长江文艺》《芳草》《汉诗》《楚天都市报》等。发表最多的媒体当属《长江日报》江花版，发表分量较重的当属《中国诗歌》2015 年 4 月份的《头条诗人》。

关于诗歌创作的风格，内容上追求现实主义，形式上追求浪漫主义。说俗点，只有感而发，不无病呻吟，不语怪力乱神，不在修辞学上下苦功夫。清新，优雅，朗朗上口，特别适合朗诵。并且，我能够背诵自己大多数的作品。

到江汉大学工作一年多了，诗歌写作毫无征兆地居然渐入佳境。2015 年 10 月底启用了《湖畔聆诗》微信公众号，每周一期，从第 9 期开始，几乎全部是新鲜出炉的作品，现在已经是第 42 期了，阅读量稳定在 300 位以上，并且尚无江郎才尽之感。当然，诗的质量如何，读了自见分晓。

邹：每一位诗人都会有自己的故乡，然而对于某些诗人而言，也许不止一个故乡。你的诗歌写作有没有自己的故乡？你的诗作与江城之间的关系？

李：余华出道时有一著名中篇小说《17 岁出门远行》。我 17 岁到武汉读书，21 岁大学毕业，尔后两年在咸宁工作，两年在哈尔滨读研究生，1987 年至今，一直生活在武汉。算起来，整整 33 年了，自己的梦想、奋斗、记忆与情感，无一不打上武汉的烙印。特别值得一提的是，2000 年我经过公开招考，调任武汉市委政研室副主任，三年后就任武汉市委宣传部副部长，六年后就任江汉区区长、区委书记，兼任过区人大常委会主任、武汉中央商务区管委会主任，武汉中央商务区投资控股集团公司董事长，一晃又是七年，是作为参与者而不仅仅是见证者，经历了这座城市"敢为人先，追求卓越"的蝶变过程，其中的经过风雨、见到彩虹的辛酸与喜悦，不足与外人道也！

2004 年，我写过一首诗《一点点爱上这座城市》，回答这个问题再也恰当不过了：

我在少年时走进这座城市
我在远游后回到这座城市
我把父母亲安葬在这座城市
我把青春期安葬在这座城市
这么多年，我彷徨、苦闷、梦想、耕耘一天天老去
在这悠久、大气、地灵人杰
略显粗糙的滨江之城

我曾在雨天伫立喻家山顶
冥想往事、未来以及爱情
我曾在傍晚散步东湖岸边
带着一天天茁壮的儿子
一天天淡漠的雄心以后
从一个院子到一个院子
从江南到江北
有一种感悟无法诉说
有一种开始不容稍停

一点点爱上这座城市
当纸鸢高高飘在越来越蓝的天上
当风车稳稳转在越来越高的楼前
当上下二桥极目江天的辽阔
当走遍三镇聆听百姓的欢欣
当一种沉甸甸的责任
教我懂得并珍惜
坚定、执着、可贵的默默无闻

关于这座城市我知道多少
为了这座城市我做了多少
爱她的人
穷其一生
也没有止境

邹：一位成熟的诗人，总是有自己的代表作，并且不止一首。请问你的代表作有哪些？是如何产生的？

李：2013 年 1 月长江日报《爱上层楼》读书会邀请我分享了读书心得，回答了书友们的提问，并在见报时附上了两首代表作，一是《萤火虫》，一是《微笑》。诗作好比自己的孩子，是否聪明可爱，自己说了不算，广大读者说了才算。诗圣杜甫曰："王杨卢骆当时体，轻薄为文哂未休，尔曹身与名俱灭，不废江河万古流。"是金子还是沙子，要经过长时间的检验才行呀！

好诗是如何产生的？不清楚。首先要有灵感，而灵感是风吹来的种子。蒲公英的种子随风飘呀飘，落到诗人的心田上，于是就生根、发芽、开花、结果了。就是这么回事。你是成名已久的大诗人，想必也有同感。

回到现实中来，从自己诗作"矮子中间挑长子"的话，四大类诗有点特色，一是武汉系列，二是家乡系列，三是旅途系列，四是花朵系列。一定要挑出一首代表作来，难，当局者迷。近期关于家乡系列的写得多些，可能是年龄作祟吧！附上一首新作《小苏》，算是今年的代表作：

小苏从小就灵醒
长得就端正醒目
说话、做事总比别的孩子机灵

街上人都知道小苏
有一回
小苏低头过马路
与一台江西来的解放牌碰个正着
好个小苏
一骨碌钻到车身下面
拍拍灰就去上学了

街上人都知道小苏
街上人都会说
大难不死，必有后福
小苏就是活生生例子

街上人都说错了
三年后小苏随老苏搬离了龙港
又过了三年
小苏在一口小水塘淹死了

邹：中国古代诗歌是中华民族的宝贵文化遗产，我们从小就会阅读唐诗宋词，并且数量较大。你是如何评价中国古典诗词的？你最敬重的中国古代诗人是哪一位？

李：中国古典诗词太伟大了！这是五千年中华文明的瑰宝，是龙的传人弥足珍贵的精神遗产，"高山仰止，景行行止，虽不能至，心向往之"。读中小学时适逢"文革"，没怎么读书，完全不知道什么唐诗宋词。在华工学习时，当时开了中国古典文学的讲座，我是热心听众，可以说场场不拉，启蒙就此开始。班上有位湖南同学易生跃，文学功底不错，拉我竞赛背唐诗三百首，比了四年，我会背 300 首时，他能背 500 首，我输了。大学入学 20 年聚会时，我问易生跃，我还能背 300

首，我们比一下？结果他认输了。最敬重的古代大诗人是谁？确实没想过。一定要说，就说李白吧。没准我是他的后代。

邹：作为一个当代中国诗人，在这样一个全球化的时代，西方诗歌不可不有所阅读。请问对你影响最大的外国作家是哪几位？为什么？

李：前面说过了，作为诗歌个体户，一直处于无师无友、无门无派状态，接触、学习国内外的诗歌名家名作太少，惭愧！知道并喜欢的外国作家屈指可数，如庞德、艾略特、惠特曼、里尔克、泰戈尔、普希金、华兹华斯。到大学工作，可支配时间多了，要制定一个阅读计划，好好补上这一课。

邹：童年与少年时代的生活，往往成为一位诗人一生中斩不断的创作之源。你认为一位诗人与出生地方之间的联系？你在诗中是如何表现自己故乡的？

李：生活是五谷杂粮，诗歌是琼浆玉液，创作就是发酵过程。诗人与故乡的关系，宛如胎儿与母体，密不可分。

我生长在鄂赣交界的一个山区小镇上，幕阜山群峰耸立，朝阳河玉带绵延，青石铺就的街道光滑可鉴，原木搭成的门窗吱呀有声，偏僻贫瘠不掩古朴宁静之美。三月油菜花开，满畈金黄。四月杜鹃花开，漫山红遍。五月兰花的芬芳沁人肺腑又若有若无，藏身于杂树乱草丛里而难觅踪影。一条砂石路连接武汉南昌，路的两旁是整齐高大的白杨树，树叶泛黄的时候，新学年就开始了；落叶纷飞的时候，春节就要到了，就会有更多的烟雾和香气弥漫开来，经久不散。朝阳河从我家附近流过，一座石桥横跨在20米宽的河上，一座石井雕龙刻凤，和台阶上青葱茂盛的苔藓一同见证着年代的悠久。一年又一年，我在河里淘米洗菜，捉鱼摸虾，浸泡在缓缓东去的河水里仰望蓝天白云发呆。"坐井观天的日子，云彩变幻如梦。吸一口远方来的风，就深信最终会飞起来。"多少年后，我以一首《与往事干杯》记录了青少年时代的梦想。

海德格尔说过："诗人的天职就是还乡"。如何还乡？一看情怀，二看风格。我以为，未必乡村总是黑色记忆，未必生命总是苦难旅程。我笔下记忆中的小镇龙港，是质朴、温暖、亲切的，而不是阴森森的、惨兮兮的。太平盛世，好的诗歌应给人慰藉，而不是给人绝望。

邹：你如何认识诗的美学本质和道德教诲的关系？你在创作中是如何做到以诗艺为先的？

李：太专业了，实话实说没怎么想过。杜甫诗云："好雨知时节，当春乃发生。随风潜入夜，润物细无声。"诗歌的第一要务是发现美、呈现美，其中可以暗含道德教诲，也可以与道德教诲无关。时至今日，板着脸孔、强行说教那一套，已经完全失去市场了。

邹：每一位诗人都会有自己的诗歌观念，即对于诗歌的本质、起源、形式、技巧及传播会有自己的认识。请问你在诗歌创作上有什么主张？

李：三年前，有幸与一批卓有成就的大诗人相聚一堂，曾讨教过三个幼稚或者说是愚蠢的问题：诗歌只能咏叹小我而非大我吗？晦涩而非直白才是表达的终南捷径吗？诗与歌可以合二为一吗？呵呵，场面混乱，答案不一。按文责自负的游戏规则，我的选择或者说是偏好不妨公布如下：其一，好的诗歌既能见小我，也能见大我。我们不能对这个大时代视而不见！其二，好的诗歌应面向大众，兼顾小众，能直白地说就不要晦涩地说，可以让人脑筋急转弯，最好不要让人猜谜语。其三，在《诗经》时代，诗与歌是一体的，如今分道扬镳、渐行渐远，这并不正常。应当互相尊重，融合成长。诗变成歌才能生出翅膀，飞越万水千山，飞进千家万户。我做过此类尝试，如《感动江汉》《长江英雄》《梦想之城》被作曲家谱曲后，在一定范围内受到欢迎和好评。

邹：你对当代中国诗歌创作有什么样的评价？存在的主

要问题是什么？你对当代诗人有什么样的期许？

李："我是桃花源中人，不知有汉，无论魏晋。"作为诗歌创作个体户，坐井观天，对整个诗歌创作的整体情况知之甚少。近年来与主流诗歌刊物编辑们接触多了，相对有所了解。哦，对了，阁下是圈内人，应该是我问你才对呀。

恭敬不如从命。关于对当代中国诗歌创作有什么样的评价，套用一句耳熟能详的话："成绩是主要的"。当代中国诗歌总体状况确实令人乐观，可以说供需两旺。老诗人屡有佳作，新人后来居上，80后、90后、00后中新人辈出，好些作品令人眼睛一亮，经久不忘。网络的普及，微信公众号的出现，为诗歌的创作、发表与互动，开辟了崭新的天地。随着我国经济的持续发展，人民生活水平的不断提高，个人可支配时间越来越多，对包括诗歌在内的精神文化需求自然也日见增长。从某种意义上讲，"重回盛唐"是可以期待的。说到底，诗歌"重回盛唐"是文化自信的一种表现。

存在的主要问题是什么？不太清楚，一种感觉是"井水不犯河水"，圈子里的诗歌与社会上的诗歌缺乏交流，学院派诗歌与草根性诗歌缺乏交流，一个圈子里的诗歌与另一个圈子里的诗歌缺乏交流，国内外的诗歌交流也只是浅层次的、随机性的。第二种感觉就是各种评奖多了，权威性、公正性受到质疑。有没有"少数人评奖，在少数人中评奖"的问题，也许有，至少不少人怀疑也许有。第三种感觉前面也说到了，写诗的不写歌词，写歌词的不写诗，你玩你的，我玩我的，习以为常，其实并不正常。

对当代诗人有什么样的期许？从大到小排序，写出无愧于伟大时代的诗歌，写出有益于世道人心的诗歌，写出让人心动、心悦的诗歌。

邹：你在江汉区工作了这么多年，你对楚文化传统有什么样的认识？对你的诗歌创作产生了什么样的影响？

李：武汉人俗称的"老汉口"，主要指的是江汉区老京汉铁路线以南的部分，即满春、民族、民权、花楼、水塔、前进、民意这七个街道办事处范围，面积只有 2.54 平方公里。从历史上看，汉口人称武昌、汉阳是乡下，江汉人称江岸、桥口是乡下，江汉人又分道南、道北，似乎道南才是地道的"老汉口"。当然，现在武汉三镇均衡发展，这些说法也渐渐消失了。

楚文化是个大概念，汉口文化或者武汉文化是个小概念。楚文化是源，汉口文化或者武汉文化是流，这是毫无疑问的。另一方面，我理解的楚文化与农耕与战争息息相关，如"楚虽三户，亡秦必楚"；而汉口文化、武汉文化更多基于商业、贸易活动，有学者称武汉文化实质上是码头文化，是有一定道理的。

汉口五百年，货到汉口活。基于武汉通江达海，九省通衢的地缘优势，码头是武汉成长的活力之源，码头工人是武汉兴旺的关键因素，码头文化是武汉精神的天然色彩。码头文化有什么特质呢？诚信、机智、抱团、舍得，敢为人先，事到临头豁得出去。负面评价，则是马虎、无计划、得过且过，骨子里不怎么追求卓越。作为一个在武汉生活了 33 年的新武汉人，这些负面的东西已经有所显现了。惭愧！

社会存在决定社会意识，诗歌创作也不例外。说具体点，我的诗歌确实保持了不断探索、创新的特点，无论是写什么还是怎么写，无论是结构、节奏还是起承转合，都不保守，而在不断尝试之中。当然，基本的特点还是有的，就是干净、流畅、优雅。在追求卓越上严重不足，没有"语不惊人誓不休"的雄心壮志，写出来的诗基本上不改，同一主题的诗基本上不重写。

邹：艺术是诗人的护身符，一个不讲究艺术与形式的诗人，往往不可能成为一流的诗人。你在诗歌的艺术与形式上有什么追求？

李：你说得对！诗如其人。或者说，诗是诗人的第二张面孔。还是回到上面我谈到的上来，回到写什么和怎么写的话题上来。写什么？我手写我心，写让自己心动的内容，写生活中的真、善、美，写惊鸿一瞥后难以释怀的人与事，"不语怪力乱神"。怎么写？向中华传统文化学习，向李白、杜甫、白居易学习，向北岛、舒婷、顾城学习，向外国诗人、网络诗人、身边诗人学习，也向码头文化学习。"海纳百川，有容乃大"。比如说码头文化的典型代表之一，"汉口竹枝词"就很有意思："六月天气热，扇子借不得。虽然是朋友，你热我也热"，有意思吧。

"吾生也有涯，而知也无涯"，学习是一辈子的事，但学习、借鉴不能丢掉了自己的本色，否则就成了大杂烩了。我希望在不断学习、借鉴、探索、实践的过程中，保持自己干净、流畅、优雅的诗歌特色。

（邹惟山，本名邹建军，华中师范大学文学院教授、博士生导师，《中国诗歌》副主编）

词语与生活

◆柳宗宣

1. 你生活的一切是为写作准备的，在日后的作品中显现出它的端倪。你的作品和你的生活经历之间有着某种类似，它们可以被视为个人生活的不完全的翻译。或者说，你所有的经历都会转化成词语。

2. 在地安门那间有着书柜的租房里，你躺在地上的一张凉席上，想着你的这一生就是一个行为艺术。你一生就是把自己的经历转换成一个行为艺术。

3. 写作时，你觉得自己正向内移动，通过自身，再现过去生活的记忆经验，捕获那逝去的人事与时光。与此同时，你想向外移动，朝向正在行进的当下，怕因了写作遗失或中断那稍瞬即逝的这一刻。你是那样贪恋，要把两种生活紧紧抓住，或者说是写作的快感让你更加热爱流逝着的日常生活。

4. 写作的年龄和你的实际年龄相差很大。27 岁开始的写作，使你的写作不断地要往前走，它还年轻，还有许多词语的时光去经历，词语的生命还远未完成。在日记中这样写道，你写作的黄金时代还未到来。

5. A君对我说，他每日来到电脑跟前坐上几分钟，想让自己静下来，看能否写点什么。他说写作能让人安稳，让生命下沉。我们的写作类似于一条船的压舱物，它没有什么实用，但它能让那条船不漂浮起来。

6. 职业对写作的隐形伤害。在一个传统文学媒体待久了，发现耗省的不仅是自己的身心，更重要的是它对诗歌造成渗透性伤害。拥有物质财富也是一个写作者要警惕的，一个诗人需要适度的穷困；他要游离于众多的束缚之外，完成自己的一无所有；拥有属于自己的时间，慵懒的心境，甚至必要的某种悲观或轻度厌世。

7. 电脑突然出现故障。你的复写也不能呈现之前的文字，你努力再现那神迹一般的词语和灵韵的句子，但出现的是另一种糟糕的面容，那消失的是第一个也是最后一个。

8. 散步京郊宋庄的植物园。以为这是边缘，一片空地之外还有绿树环绕的村落。一个无限展开的空间。我们提到的无限以为它不是具体之物，其实无限就是你掀开眼前的树枝看见前面的远山。再往前有羊群有众多的树木、鸟、穿过树林的河流、河边的芦荻，所有具体的细节构成了无限。

9. 传统哲学只关注心（心灵和精神）而排斥身体。对身体研究成了这个世纪新知领域。梅洛－庞蒂把身体作为现象学分析的起点。作为物体的身体，身体的体验，身体的空间性，身体的性别。作为表达和言语的身体，我们的身体与万物交织，我们变成他人，我们变成世界，主体和客体交织，我的身体和他人身体的交织，身体与自然的交织，写作就是一种交织，回归到"世界之肉"。

10. 诗的节奏可要有变奏。不可过于表现情绪而忽视语言的自主性。把注意力放到句子的运作中来。诗不是表达情感，而是如何呈现诗的语言。要提防对外部现实的仿写。诗写作其实是对现实进行移置、裁减、充满暗示的缩略、扩展、魔魅化的过程。抒情诗的现象学使语言出现一种幽灵般的非现实，要知道真实的不是世界而是词语，或者说，世界的现实性仅仅存在于语言之中。

11. 美国诗人唐纳德·霍尔的《踢着树叶》以诗人秋日踢着落叶行走回家切入诗歌，以落叶为线索，串联了生活的不断回忆，意象和场景不断剪切、拼贴，像电影镜头不断地拉回和推远；落叶中的人物也淡入淡出，向深处推进。这样交叠的结构营造出诗的多重空间。它不是对一时灵感的把握，非一挥而就的短诗，它是一首建立了一种装置的当代诗。

12. 英国诗人拉金想着如何使他的诗像小说一样耐读，呈现与保存当代人的日常经验，在他看来"当代"意味着"真实"，他认为每首诗都必须是它自己单独新造的宇宙，所以他不信仰"传统"（不过他找到了哈代这个传统），他不想让诗成为一个公共神话的储集物，现代派的引文用典；他在意的是写本地的个人的经验，不至于让个人的诗间接成为他人文本的互文或附属品。当代题材，真实具体的时间地点人事呈现在了诗中。拉金处理题材的大胆与诚实成为运动派诗歌最吸引人的地方——这也成了我们当代诗写作的某种"传统"。

13. 稍有写作经历的人在没有找到一个好的切入点，是不会轻易动笔的。这似乎是一个重要的进入诗创作的动因。有了好的切入角度，一首诗在写作者看来就"被看见了"。诗的情感就是能被身体感知的客观化的空间，也是可以被看见的。然后，一个写作者要做的工作是呈现，把那首可能的诗构造出来。

14. 诗的生成中写作者的身体性因素几乎是一首诗的生成起因。注重诗生发的最初的情感震颤，写作者的身体的参与。没有最初这个的身体出场，诗的呈现可能就是一个疑问。

15. 当代诗的语感是让人着迷的东西，它是写作者生命气息的外显。而每首诗又有着不同的语感且不可重复，这和诗人生命当下情态相关联。艾伦·金斯堡和他的精神父亲——惠特曼的作品让人感受到扑面而来的生命气息，你的阅读能触摸到一个不可见但可感的气场，这大部分来自诗的语感的作用，即内在乐句的呈现。本雅明说过艺术品呈现出来的灵韵，在你的理解中它多半来自语言的内在节奏散溢出来罩在诗作中的一层薄薄的光晕，那创作主体与词语节奏相互生发出来的气息。我们读诗或分辨诗的真伪往往是听诗，即视听它内在的声音和光晕。

16. 艾伦·金斯堡说他读到布莱克的《向日葵》时，耳朵里听着幽灵般的声音，望见了宇宙的深奥，身体轻飘飘的体内宇宙意识在悸动。他看见一首诗的结构与样式，事物呈现它自己的象征。他的身体参与了词语的呈现，那诗的节奏来自于呼吸、腹腔、脏腑，身体产生了特定的节奏在词语中自然涌现出来。

17. 艾伦·金斯堡死前二天都在写诗。像他一样，一直写到死。

18. 写作《母亲之歌》。你面对的是直观的事物和词语，注重呈现，放弃急切的表达；你指向词、细节和空白，而非言说，你克制着自己的感情，注意的是场景，词和词，空间与空间的拼叠，你关注的是建构在呈现中的结构，你放弃先入为主的陈旧，看重你面前的诗瞬间生成；词语中涌现的场景是非现实的所经历的场景，相似但非复制，它们在词语中发生了，就像一个梦。

19. 二十世纪九十年代以来汉诗出现了浓厚的叙事性。叙事作为对事境的分析与再现，为诗歌赋予了肉感或新感性。可以说你的诗即对话诗，动人的是呈现于诗中的语调，与友人说话的亲切语调。用巴赫金的话来说，语调不是由发言的客观内容来决定的，也不是由叙述者的经验，而是由叙述者的与他倾诉的对象的关系来决定的。所以《棉花的香气》一诗的语调特别柔软深情，他面对的是两个女人的倾诉（一个近在身旁，一个远在天边），诗中荡漾出来的语调与意蕴也可谓丰富多彩。

20. 素在信中提及诗作《棉花的香气》。她说，我的诗中有着纯棉的时尚。身体中某种荒蛮的力量。书卷里透出的草莽气。

21. 维特根斯坦以为一切伟大的艺术里头都有一头驯服了的野兽，把人的原始冲动作为其艺术的低音部分，它是使音乐旋律获得深度和力量的东西。我愿我的诗歌里面有空旷之地的原始和野蛮，能生长出野菊、刺槐之类健康的非温室植物。

22. 语言是自持的神秘之物。它是传统的承载物或沉淀物，类似于原型，接纳或负载个人的信息，我们可以用它来塑像。对语言的效力或研习须朝向对它的双向回归。这要有着双重的诚实：生命体验的诚实和对语言的忠诚。后者要求你面对词本身，更多地去占有词，词与词的构成与关联。对节奏的把握，句式的变化与灵动，各种技艺的占有，多样丰富的文体，或接受想象力的考验，洞悉它的敞开与遮蔽以及语言的不及物性与词的自我生成等特性，这些对语言的洞悉决定了你的写作非照相似的也非表现主义式的。

23. 是否晚了些，到了近年才理解波特莱尔的价值与意义。他的一生在学习遣词造句中度过，他只描述他之所见。他的诗特有的城市气质，巴黎第一次成为他抒情诗的题材。他用审美的现代性来对抗传统和他身处资本时代的文明。用艾略特的话说，他是我们现代诗人的模范。写作《蔚蓝苍穹》时，你和他的灵魂似有交通，触抚到这个来自异国的幽灵。从中年虚弱怀乡和所谓爱情诗章的抒写中醒来，转向对所在现代都市的观看与书写。

24. 写作《汉口火车站》时，鲍勃·迪伦的歌声在书房里喊叫。你则在电脑荧屏通过一个个词在叫喊。他饱经沧桑的演唱可以说融入了诗的气韵，他的歌声惟妙地契合了此诗的完成，为你的写作加入朴素的内心激情——"你住在哪里——在汉口火车站＼汽笛长鸣，我已从自己的身体启程＼骨头咣当作响，心气蓬勃离开这里——"

25. 提防写作中出现的温情——它会妨碍你抵达刻骨的语言的真相。

26. 用了几十年来写作你的燕子诗；似乎用一生也无法完成你的野菊诗。昨夜，梦里又出现了故乡田野沟渠边茅草丛间野生的菊花，这是你与生俱来的命中的意象，你试图改写或完成它。

27. 一个人的才华指数关联着他和自己泉源沟通的程度。

这要求创作者蜕掉自身非本质的表面附加物；那个回应外部世界、文化压力和指令下发展起来的自我得屈服于内在本质，他的灵魂（即自性），或赫拉克利特所说的"宇宙精神"。一个创作者与之沟通，并发生关联，回归到自己的始源。他如完成这个自我的转化，创作会获得无限活力及创造力，在自我询问中创作新奇的作品，他的创意会从源泉逼现出来。

28. 昨夜想到一个句子：和陶渊明相遇的十个地址。写了几十年的诗，最后发现它是你人生修为的承载形式；你修行到什么程度诗的境界会随之相配衬。陶潜的伟大就是他一生的身体力行。

29. 弘一法师关于出家的文字没有任何议论或评说，这都在他安静内敛的叙述中给过滤掉了，但你分明感觉出他出家时归属佛陀的欢喜。

30. 维特根斯坦谈及如何处理生活中出现的疑难问题。他说，你的生活与生活的模式不相适应，因此，你必须改变你的生活——"要改变你的语言，你必须改变你的生活"。沃尔科特在诗中这样坦言。生活方式的改变似乎造成了语言的更新。至少，选择一种生活方式，意味着抵达写作的某种可能性。

31. 雅各泰选择生活在法国小村庄格里昂，找到他要的生活形式。他把生活方式当成孕育写作的源泉。是的，困难并不在于写作本身，而在于用什么方式去生活。

32. 语言是人类存在的外显，与其个体或人类的生命情态相连。如同法国诗人蓬热所说的，艺术品就像蜗牛的甲壳，"既是生命的一部分，又是艺术品纪念碑"。蜗牛用它的唾液成就其甲壳，诗人用其身处的语言折射他在世方式，成就其时间与空间中生长的艺术品。

33. 小津电影中的克制艺术——静观的视角。那种被动的态度。艺术家的低摄影：限制他的视角，为的是看到更多；限定他的世界，图求的是超出这个限定。小津电影形式其实是诗的形式，打破了习惯和常规，回归到影像的原始鲜活。他的描述是为了艺术所作的"必要的抑制"。日常人事的美善，人生的无常、易变，那细微的哀伤和暗流涌动的人性幽暗复杂况味都在这种抑制中纷纷出场。

34. 诗叙事捕捉的是"多重情节"，其中包含的两个或多个同等重要的共生情节，还有次生的戏剧独白的倾听与处理，或对多种声音情境所做的自我叙述。拓展来说，诗中叙事的"三倍叙述"对情境开启了可能性，它关涉到现实的或非现实的、实现的与未实现的、细微的或可能遗失事态的多维叙事组合。

35. 当代诗似乎不可摘句。写作者返回对全诗的经营：句子之间相互呼应，终篇往往接近混茫。它的构成近于现象学家施弥茨所言，当代诗是一个混沌的存在。非但不可摘句，甚至面对它，读者往往失语，不可也不能解读。诗的丰富性和它本有的晦涩让我们保有耐心，去面对一个混沌而神秘的存在。

36. 绘画作品与模特无关。它只与色彩的构成与律动相关；爱情诗只与词语相关，和生活中的人事无关，如同你的爱与所爱的对象无关。

37. 对一首诗作的修改或重写，就是对自己审美结构和语言的观念的反动或颠覆。

38. 重写《河流简史》。过去诗中抒情与表白的句子消退了。你尝试着在"技法上清淤"——注意力转移到对河流的描述与呈现。细究起来，可能涉及哲学观念的更新。你在意身体的意象性而不是意识的意向性，身体力行中展示本己身体与河流人性的沟通。语言的视角随之发生扭转：诗句排除先见和情绪的渲染、价值的判断，试图进入描述的事相本身；突破自我的观看方式，为其找到新的视点。具体地说，就是动用了直陈式的描述，去除诗歌表达的多情善感，加入现代的开放、接纳、观察和理解与包容。

39. 一首诗的完成得融入写作者多少年累积的记忆和无意识；你亲历的多少场景，身体冒出来的词语，与多少刻骨的阅读和情感经验相关。一首让人安慰的诗不可能是即兴到来的轻易获取之物。

40. 诗非意念，是直观。主体对事物的直观，而非意念的表达——又一次，听到这一诫令。

41. 扭转你诗歌写作的惯性。放弃对一个意念着迷而生的表达，而是应了一个个好的句子让你去进入一首诗的运行，或通过一个个句子来生成一首诗。

42. 写作在逼向更高存在的追究，而非对外在表皮的偶然易逝的幻像的在意和停留，它们重要不可忽视，但不是你到达的最后峰峦，你的语词在抵达的途中拨开眼前的枝蔓见到的星辰和日月般类似的存在。

43. 语言在海德格尔看来是神秘的本体，呼唤并授予我们语言的天性，召唤我们指向事物的本性，它不是被操控的工具。诗不受我们意志的支配，诗人不能强迫自己写诗。学习倾听语言，这样根本的东西就会对我们言说，向我们敞开。

44. 维特根斯坦说过他是把哲学研究当成诗歌来写的，试图用片断写作揭示世界的本质。哲学研究和诗创作一样，它不是一种静态的和在学院中教授的学问，而是致力于自我塑造的生活艺术。

45. 人的生存本身即哲学和艺术的起源。对人的生存的理解上升到审美的理解，并成其为生存的启示录，然后寻求重返现实，或重塑你的现实。人只有凭借自身获得自身的超越，其超越最终落实在生活世界中。幸福、欢乐和天堂就在人间——这些年你写作人间之诗，个体生命的诗与思。

46. 诗意的言说透显真纯的话语，敞开存在的某种真理，也就是海德格尔所说的"真理自行置入作品"。言说生命的真实，一切伟大的文学都是对真理的言说；从原始生存领悟而来的知，作用我们的思考和写作方式。

47. 写作是抵抗虚无感的一种方式。诗人写诗的缘由很多，抵抗虚无则是其一。依靠语言，是我们赖以存活的方式，表明存在的某种可能性，我们挣扎着在这虚空的人世求活，不得不信奉语言并以此为依恃；为个人的存在保留些微的东西，服膺于语言这一持久的存在物而得以存留。

48. 公交车上，想起老家的一个文学写作者廖广茂。在那个环境他写小说，让你像看珍稀动物一样打量他的与人不同之处。是谁要你成为写作者的：家族几辈人都是农民，他们不知世上有作家，一个农民的儿子想塑造成一个作家要付出多大代价；单位也不愿意你成为这个角色，听不见你内心的诉求；这个时代奴役你，要把你弄成一个白痴，要你铆在一部机器的某个部位。你是自己成就了一个写作者的命运，是命定的机缘让你在这条道往前走，写作是你活着的精神力量，甚至，要你为之付出代价。

49. 出生的卑微和中年在北方的漂泊使你降低自己作为一个诗人的要求，而向生存做了投降，为之牺牲自己的尊严；对家庭责任的看重而忽视生活的方向和使命感，以世俗生活要求选择自己的生活形式，而对时代和国家的灰心失望松弛精神无望于自己的人生；对虚幻故乡和不人性单位的过分依赖显出对生活逃避心理，弱化了作为诗人的独立性。建立健全的个人，追求个人生命的价值，像布罗茨基，强调个人甚至私人性，把表达私人性的艺术放在高于伦理道德和政治的位置，让美学成为伦理之母成为必须，培养自己作为一个诗人的高贵，甚至高傲，拒绝被支配和奴役——像布罗茨基那样做一个不为国王起立的诗人。

50. 作家赫尔塔·米勒说她不是自己选择了写那些被剥夺者的命运，而是这个主题来找到了她，她摆脱不掉那些专制。在罗马尼亚被社会排斥在外，移民到了德国，她还是罗马尼亚人。在罗马尼亚她总是德族人，你总不是自己人，你是外人。写作的诚实让我看好这位作家。在北京这些年的经历，几乎感受到与她相似的体验。在自己国家的首都，总觉得你是一个外人，一个闯入者，从聘用单位的制度到同事的眼光与态度，从户口、身份证到养老金的落实，你没有归宿感。你退隐到个人的生活与写作中来，写作在这个世界上没有它的位置。你把写作当成能成就自我的事情，你从中获得安慰感、充实感、安身立命的所在。

51. 病床上，作家孙犁枯萎下去的身体和他充满生机的作品。后者给前者提供了安慰。当我和朋友把花篮放在他病房的床头，我代替先生获得了安慰。

52. 好像看见一首诗在自己的身体里成型，我想着要呈现它，其实一首诗在你的身体里活过很久了，它要出生，要你将它接生出来。创作者最深层的经验是女性的，因为他也有着受孕与生产的经验；从另一个层面来说，一首诗它被作者接生出来后，它是有生命的，与一个个读者相遇，或寻找着它的读者，这一点也不故作玄奥，事实就是这样的；文本在挑在读者，它有它的呼吸和气场，它是一个词语的生命体。

53. 北京甜水园图书市场的路边。我坐在一捆采购的书上等着出租。激动的身体余波未平，各种活跃的想法还在身体里涌现，身体的激动与感兴和图书有关，各种思想和建设性的直觉和生命幻觉传达到肉体，成为象征。肉体在讲话，渴求着生的意志，寻找自我主体的生活路线。在进入图书城的那一瞬间就感觉肉体的活跃，随之精神的狂飙与身体的动荡交织于一起。人整个的生动起来，觉得自己在活着，活得想再活一次。在观书的空隙，一些句子冒出来想抓住灵感的精髓，让动人的直觉固定下来而不被遗忘其线索，以便日后得以发挥加以深化。思想成了肉体存在的证明，肉体成了思想的产地。尼采说，哲学首先是肉体的告白，而我的写作因肉体产生了激情，并由之产生语词。

54. 田野是我的教堂。

55. 单凭着天赋的气质，就可以把一个人带到他要抵达的地方。

56. 一个艺术家就是神迹的显露。不断地开拓自己，修炼自己，发现自己，成为一个奇迹，一个活生生存在：像惠特曼，王尔德，高更。

57. 写一本关于阅读快感的书吧。它关涉到书的采购地点与身体的快乐，还有阅读它们感受理解的随笔和评论，或随之引发的即兴回忆及个人经历片断，一本本书是如何参与到生命中来的回忆与再次重温。书中的人物思想如何协助你加强对事物的理解，生命的厚度是如何增加起来的，读过的书与经历的事之间是怎样融合与促进。这样的关于阅读的书是否会变成间接的自传也说不准。至少，它不是艰深的文论，它是一部带有生命气息的书，一部有身体味道和灵韵的特异作品。

58. 或者说，诗歌艺术是团结人们的一种纽带，就像你到了教堂，那里的建筑与音乐与摘录于墙面的圣经片断会让你置身于神性世界。诗让我们理解它的人在一起，说出我们心的倾向和同情的爱，让人从自我和功利的囚禁中脱离出来，置身于它的光照中，世界如此存在真是非凡。艺术的善是神圣的，不可轻慢的，这可以说是我们生活的伦理学。

59. 作为建筑师的路易斯·康，除非充满喜悦地去做，不然他创造不出一栋建筑。喜悦在他看来是创造的本质性力量。创造的喜悦与从直觉而来的惊奇关联在一起，驱使他在图纸上绘制迷宫似的线条，将纸上建筑兑现于多维空间。惊奇与喜悦也往往在一首诗诞生之前出现，当然也在写作之中时常隐现。写诗如果没有来自惊奇的喜悦对你的抚慰，你会怀疑自己能否持续地进行下去。

60. 别尔嘉耶夫不喜欢胜利者和成功者。在他个人世界图景中，这建立在恶的基础上的世界，在这客体化和异己的世界中，他不相信存在完美的现实。我们从来不能和那些过渡性的、暂时的、易朽的，只存在于短暂的瞬间的东西相调和。我们带着某种紧张和力量感，忍受时间疾病，忍受与世界持续不断的分离。作为诗人在某个层面是为永恒的渴望所决定，像查拉斯图拉以自己余下的生命对自己说，"我爱你——永恒"。

61. 康德提及过，我们对外部事物的认识，只能把握它的"现象"，未能触及它的"物自身"。我们的知识只是关于现象界的知识，而不是关于事物本身的知识。对不可靠感官的依赖要有某种省思，我们要做的是试图去接近事物本身的认知。

62. 阅读会磨损你的直觉能力，不尽然，你的阅读是对个人生活的照亮，自我对话的方式，或者说，它是另一种形式的创作。阅读与生命的行走几乎是同步的。也可以这样表述，阅读是你创作的一部分。

63. 往往在对哲学的阅读中寻求诗歌实验的某种支持。从对存在主义哲学的阅读转向现象学，你把视点转向对生活世界的直观，从而注重诗的事态与语境的构成，试图营建个人感性的诗学——这在《旧居停留的两分钟》等诗中留下痕迹。

64. 忽然发现自己某一阶段的诗作大都呈现在旅途中，它们聚集了火车，大巴，出门，飞行等运动的场景与事象，在身体的运动中词句在生发，情感在运动中呈现。生活就是运动，我们在船上在火车上在河流上，每个瞬间被第一次也是最后看见，生活和艺术一样飞逝，时间的流逝越来越多地成为你诗歌的主题。

65. 2013 年写作的《孤岛》《江汉平原的雨》等诗，似乎显示出"随时间而来的智慧"：语调平静而富于内涵，有着某种超脱的虚静感，不再像以往急于表达处境，宣泄情绪，更多是一种静观，是经由心灵重新编排过的图形和视像——这一切皆从个人时间中到来。这些诗写了十几年，最后总算意外完成，从中获得了写作者的安慰。

66. 我喜欢慵懒，它是对外部世界的柔软的反抗，当人们计较于功名，你给出这样一种态度。你质疑一些人事的意义，你的慵懒与之保持疏离或不屑甚至对抗性的张力。但这还不够，我们还得建立自己强大的磁场，营建信奉的独立的世界与外部进行对峙，不然我们喜欢的慵懒会被外部引力所虚化甚至吞噬，最后落到一无所是。

67. 关于诗人的孤独与诗人的骄傲是存在的。特根斯坦说他哲学工作本身是其骄傲的最大来源。不过他努力驱除工作上的任何骄傲，为了上帝的荣耀来写作，而非出于虚荣写作。一个诗人面对语言是俯首虔诚的，当他写到一些年头后，自我又算得了什么呢，我们得放下自我，才能听得真切。是这样的，如前所说的，得回到语言的世界里来，或者说，让我们走在通向语言的途中。荷尔德林的诗句现在读来，依然让人激动：诗人像酒神的祭司 / 在神圣之夜四处奔走。

68. 多年前，我和妻子走在北京东三环的十字路口，想着自己从湖北省脱离出来。在自己看来，那是个人生命里的奇迹。如果不写诗，多年来不受诗的感召和熏染，可能没有出走的能力。做一个诗人意味着什么呢，有人这样描述过，诗人类似于神与人之间的巫师，他有倾听存在的能力；英国诗人西尼说过，诗人身体里有一根天线，它能接收到内部与外部世界的信息。

69. 在某种程度上讲，诗人是异教徒，至少是自我的反对者。

70. 适度的声名是必要的，如一旦它妨碍了你的孤独，你的身体就要有一个报警器。要有倾听这个声音的能力，要知道孤独是成就我们，朝向诗歌真理的必须。你总是能听见内心一个声音，让你从外部的喧嚣中回返，反对自己，停止自己的散漫虚荣。

71. 传播诗歌是很好的，但警惕落入另一种庸俗，警惕写作带来的附加物，诸如名声和利益，而丧失服侍诗的能力。须知诗歌本身即是我的目的而不是其他，它要求你为之艰苦劳作并付出隐形的代价。

72. 批评家的写作也是一种创作，尤其是相对现有学院体制的论文写作而言。依施莱格尔之见，艺术作品的意义是未完成的，批评家则要尽可能地完成这项任务。那么真正的批评家则要具有一个写作者的发现、命名和创作的能力。

73. 一个词语爱好者，他怀揣着一只对峙的笔。他的内心隐隐存在一种潜在的抗拒，对无处不在的权力保持警醒，那通过与权力达成妥协所换来的利益对写作者来讲是无价值无意义的。

74. 你在朝两个向度挺进：从生活与词语两个维度抵达诗写作的纵深。须知，经历不等同于诗；情感也不是词语，这二者要经过多少转化的劳作啊，况且一首诗还得依恃多种机缘。

75. 在一本书的空白处写下这样几个句子：（1）传记的写法：呈现你生命中的人和事。（2）写作中断当下的生活，它在回忆中展开。（3）读诗、旅行、性爱、回故乡，这是你不断要回去的地方——这生命的原点。

76. 民间音乐，禅宗，诗，这些都接近生命真相，是从心中碰跳出来的，生命回到从前，回到原始状态。去你的，理性。写作生命的感性，从社会性进入生命内部的探索与开掘，向自我之外一个更大的集体原型触摸。

77. 当你怀抱新诗集于床头让你分外满足。你从北方回到汉口，这些年的折腾你还能回到书桌前。你料理着外部的生活，让自己回返真正所要的词语生活中来，总算完成了这些作品，可以说这是你归来的重要理由，是它们隐形地让你归来。

78. 夜里想到在北京受了多少屈辱。你在潜江小城为了展开写作做了你不愿意的事；这些年来你隐忍负重，躬身而行是必要的。卑微的生命得找一个依附点，一切为此而展开。写作是一生的持守和依靠，写出像样子的作品来，从外在的虚荣回到真实的写作。你是幸运的。

79. 某天，在汉口的房子你对妻子吼叫着：我到北京去干什么，是去搞钱的吗，我回到武汉来为的是什么？你们如果妨碍我写作，我死也会不闭眼的。那从意识深处爆发出来的话语让妻子默不出声。她知道了你生命的吁求。

80. 钱也不能安慰自己，如果不用它来维护写作的从容。

81. 词语就是自己的家。居住在这里：简洁，纯净，富于旋律。

82. 一个日本诗人 bakuan 信奉佛教，研究了很多佛典。他去访禅师，禅师如果说了什么，bakuan 就会做出反应，并引证很多艰深的经论旁证。最后禅师说：你是位了不起的佛弟子，你什么都知道。我不想听别人的话，我想听听你的真己之言。

83. 《上邮局》写作于 1999 年，在离开潜江小城到北京然后又回到那个三居室的书房写就的，写得泪流满面，以后读它常用手摸拭泪水。你把自己的出走与父亲的自杀，他的无路可走的绝望交织着呈现。你在诗中的出走是有一些悲怆意味的，从死亡里找到了力量。死去的父亲在心里活过来了。有人评说此诗堪称你的命运之作，似乎是恰当的。

84. 有人评说我的写作发现了属于自己的"日常"，并发展出与之相应的谈话式语调。我以写信的方式来写作诗歌，就像旧时代黄昏伏案写信的人。一种谈话的诗歌。一个个确定的对象在词语的背面，是你倾诉的对象，现实中具体的人将其推拉到词语的缝隙，你向他们喊话或低语；从面谈式的亲密交谈中流露出来的坦诚和强烈的诗意，以及由此连缀而成的对内心隐秘与尘世真相的双重揭示。

85. 诗集中的赠诗算来真不少。《一封航空信》写给异国友人；《山地纪行》是赠一位法师的。可以说你写作人世间的诗，既不写给天堂也不是写给地狱的；写给人世间不同的男女，有的是写给过去的自我，或自言自语的独白，如《孤岛》诗中的自我与另一个自我的反驳抗辩或质问。读者可从字里行间识别自己，参与其诗性的交流。其诗性的涌动，因不同的对象，说话的方式呈现不同的句式节奏或音韵，每首诗中有着不可替代的唯一的语调。

86. 如何尝试不断地将日常生活转化成语言；如何自我反对，自我嘲讽，自我解套，练习挣脱习见的能力；如何把诗艺当成目的而非传情表意的手段，对诗本体保持足够的尊重；如何从对观察的敏感过渡到对语言的敏感，如何在诗中融汇语词的组合拼贴叠印，互文与变形的组织安排；如何拿捏诗叙事的恰当和事境的蒙太奇剪切而非象征和隐喻；如何从生活的朴素进入到诗本身的朴拙；如何从语言策略的讲求到达对写作命运的体认；如何对个人生活事件的反思、加入戏剧性的提纯使之有着普遍意味和格言般的概括力；如何在个人修为、时代语境和哲学结构的共同作用之中，再创或更新诗语言的命名能力。

87. 成为诗中的一个匿名者。诗中无尽的开始与结束，意象的转换让你成为一个反复无常的诗人，我们死去成为地表和土地的一部分，成为一个幽灵。诗人没有自己的身份，而是运用了人、动物、大气施加给他的身份，发出一群人的声音，在他的诗中建立起一种复调。

88. 诗文本的海滩随机性混杂意象的各种漂浮物，那是多种语汇齐聚的空间，一个共时地异质语境的海滩。

89. 写作的不可预知或预测让一个写作者成了听从者。身体是个发动机，诗借助着它来启程。那些怀有野心的刻意的作品最后也往往受制诗的发动机。一首好诗往往在你不可知的情况下突然到来（但它牵动了你的经验和语言所有的储存），甚至你不知道降临于你面前的是诗，这种偶发的陌异之物让人惊叹与着迷，可以说，诗是不可言说的神秘之物，我们的谈论只是试图找寻通向它的可能的路径。

（1999—2014，北京—武汉）

下卷

树枝倒过来其实长在天上

梅处安放（18首）

◆胡东平

树枝倒过来其实长在天上

当天空变成浅浅的蓝色
那是深扎在云层的树根在迫切呼吸
用公平的视线注目一次天空
我们在枝顶悬挂了好多个年头
遥不可及的天空一直遥望无法触碰的我们
啊，我们在云朵的眼睛里原来都是倒立的

突然想起

突然想起了
那几棵银杏树
遗留的几片叶子
两层水泥台阶上面
有吃掉的糖果纸未扫
红色旧门上褪色的对联
又被谁撕掉了边角

那场初雪
淹没了一层散落的松针
屋旁干涸的小沟里

谁刚扔下几张废纸
院子墙壁上空的几根枝条
又长长了
那口旧井周边湿湿的水泥地上

一定又爬满了大片的青苔
突然想起了
楼梯上积下了厚厚的灰尘
几颗花生的碎壳
还有一块发霉的橘子皮
走廊里的门楣一角
又有一群蜜蜂入住了
门栓挂着一根松须的小红绳
断掉的，垂在那儿
现在一定被谁牵起
带着门儿
关上了一楼的安静

门前恰巧吹起了东风
远处的大路上
一个路人正朝门里吆喝
房子里的人将门一拽
又是一屋的安静
门外却是无尽的欢笑
也不知怎么着的
就突然又想了起来

冬日校园

发黄的书本，一瓶奶茶
冬季的阳光斜倚在脸上
身体像披上透明的棉袄
蓬松的草地被大片地包围
四旁是零散的杂树
如果将树用绳子编织一圈
你会得意地管它叫作家
我刚好坐在家的客厅
而四面的窗户外
住着几处类似的人家
彼此背靠着背，仰望着天空
连阳光都找不到缝隙
我坐在一个人的房子里

一幅素描

我背对着三角湖
几株光秃的柳树
小路，柳枝，湖面，残荷
和打开在头顶的天空
冬日暧昧的阳光把它们
收缩成一幅素描
画里有远景，当然有近景
一根线条，干净的黑色
一双神秘的手在轻轻涂擦
从湖面填补到天空
抹去了枝间的树叶

这里轻轻抹淡，那里添上一笔
一幢房子出现了
天空明朗了，太阳照了过来
柔软地，洒落在画板上
我注意到湖面起皱的荷叶
那应是冬季专属的美
几只黑雀，忽然蹿上空中
渐渐荡开去的开阔明朗
我转过身去，抬起头
一片云朵出现在我的视线

当我早上醒来

当我早上醒来
还能看到一切
自己的手指
掉在地上的棉被
书桌上的盆景
窗外的阳光
阳光中弯曲的绿豆芽

卖早点的奶奶跟我打招呼
旁边缕缕缭绕上升的白气
路过商店橱窗的玻璃
我看见了自己的笑脸

我还能看见我拥有的
当我从一个噩梦中醒来
我还能再次看见它们

这样就好

我喜欢骑着半旧的自行车
惊起一群群自在的鸟儿
在头顶积聚又莫名的飞散
消失在远方蓝色的天际

我对每一个路过的人
招手、微笑
他们用手指向远方

水里的一群灰色鸭子
嘎嘎地叫着
是我读不懂的喜悦

这样就好
我骑着自行车
在这条熟悉的小路上
无忧无虑、悠闲自得
闭上双眼
我也知道心的方向

鹿角上开满了花

天空给了大地：蓝天，白云，飞鸟和仰望
——大地蜿蜒在海洋的怀抱。
你走在前面，那个叫作很远的地方
有风筝，有一只红色的小狐狸，有手掌
忘记了晾晒勇敢，在迷路的时候

就像有人忘记了失眠

也会有人忘记逞强

晃悠悠的，我在月光编织的梦里

荡着秋千，没有线的秋千

想要用力地往前赶，听说有山有水，还有很多人的渴望

——转来转去，不过一张脸庞，还是最初模样

这时候，在我睡得最沉最沉的时候

总会有一只银光色的麋鹿走进来，它有美丽的角

在那片漆黑的夜空中，捅出星星和月亮

它有俊俏的面孔，突然笑了，在我看它的瞬间

我的思绪、过往，飘着花香的晃晃荡荡

羞怯，在诋毁前都来不及躲藏

我看着长角的鹿，随着光，浮出窗

蜷缩在角落，我收好了尾巴

等着有人经过，等着萤火虫歌唱

心跳忐忑，莫名心慌

我突然张开了嘴巴，一只蝴蝶，无端飞来的蝴蝶

飞进了，飞进了我胸腔

那天夜里，远处的山坡上春天来了

我看着白色云雾深处的鹿角上，一朵朵花悄悄绽放

梅处安放

学校内河边的大片梅花开了，

红的一片，黄的一片，白的一片

这是我第一次认真去抚摸梅枝，细嗅梅香

惊讶发现连梅花的颜色也不同

还没绽放的花骨朵，像跌落在枝上的繁星

一颗颗，有呼吸，仿佛掐一下

星星就会痛得睁开眼睛，照亮寒冷的冬季
在花丛中穿来穿去，还是偏爱盛放的花朵
娇小可爱，那短而紧促的花蕊
就像游弋到枝头的彩色水母，如果这时有风吹来
海洋的世界应该更美丽

突然爱上这叫梅的生命，倒不是因为花
而是一种错乱中的有序
花是花，枝是枝，没有一片绿叶，视线干净
梅枝多而繁，虬而乱，花却满而序，漫而散
花仅在枝头安放，主干间，枝干上，细桠上

处处干净而疏朗，果断而快爽
不像拥簇的繁花拥绕，混沌成艳抹浓妆
找不到美的安放
每株梅树都有无数根透明的线
花朵在从枝头冒出时，都有线上的固定节点
有了最好的距离，有了温柔的空隙
每一朵颜色，找到自己的位置，便找到最美丽的风景

我羡慕这梅花，在萧瑟的冬季也能冷静
我转了又转，到最后，却也不知道该停在哪里

风的味道

才从宿舍走出去，风中便传来美妙的味道
三角湖老树桩上的绿青苔
野鸭躲在岸边草地留下的粪便
内河护栏旁肆无忌惮的梅香，乌云深处隐藏的阳光

绕个弯林子间的飞鸟，老人在奔跑，阶梯洞口取暖的老猫
我要这味道，用衣袖兜，用嘴唇咬，用手掌盛
那唯一可触碰的鼻子羞红了心，拉开了窗，留不住所有

古 巷

从一条古老的街道穿了进去，遇到一条
更古老的巷子
颓败的墙面，沾染岁月痕迹的青苔都少，
重叠了厚厚几层锈的门锁，留下狭窄的一条线
是手术刀划开的胸膛，里面塞满废墟和尘埃。
这是一条荒无人烟的古巷。
听不见鸟声，听不见脚步声，只有
不知从何处吹来的风，还有路边的一缕阳光。
我有些害怕，深而曲折的古巷，仿佛没有尽头，
我频频回头，总感觉有人跟着我，有心跳，有凶恶的脸。
还好，光线很好。
本来就身无所有，还能害怕失去什么。
继续穿梭，这幽僻的古巷。
这里曾有很多人走过，穿着不同的鞋，有不同的心情。
那半掩的门窗，曾有半张脸，有美丽的笑容，在许多年前。
青石板的小径，拥挤得只能任我一人穿过，
当这个世界骤然安静，也能忘记自己的存在，
想想些什么，大脑却会放空，只剩下百无聊赖的前行，
有勇敢，有快乐，有无奈，有空虚
——我只能前行。

匆匆那年·雪

一夜之间，一念之间，白色的世界。
从什么地方起步，在什么地方驻足，听不见声音。
像雨般的白雪，稀稀疏疏从枝头落下，
砸到我，避开我，有人张开双臂，有人躲。
思念的味道敲着熟悉的琴键，有人在远方。
白雪纷飞何所似，是背影，若有若无。
我努力寻找冬天的感觉
——年轮里的波浪，相逢里的懵懂。
走走停停，那树枝上悬挂的雪花，
零零散散，也没有人来拾遗。
我没有雪地里打滚的人那么快乐，我告诉自己
——雪人的眼睛在笑，我却只有眼睛。
这冬天的空气好安静，多么尴尬的呼吸。
我还要继续走下去，雪已经停了，我不能停，
它有一望无际的风景，我只有一颗颤抖的心。

通往海洋深处的列车

我赶上一辆末班的列车，天色已黑，灯光柔软。
天空下起了雨，自上而下，抑或自下而上。
疲倦了，骨头里挤出一朵花，缠着血丝的花蕾
——我只想好好休息一下，哪怕还有漫长的时间。
风醒了，吹醒了我，有鱼腥的味道。
车窗玻璃上爬满了光线的枝蔓，斜影交错，若隐若现。
听不到列车行驶的声音，那往日轰隆隆的声响，就剩下：
水的波浪，有敲打贝壳的明朗。
那是鱼！

金黄色的鳞片，旋转发散的光亮，一条一条
掠过不远的树梢——那是树吗？那是挺拔的海藻，波纹环绕。
起初是三三两两，而后列队前行，海风大了，
从消失不见的天空深处吹来，涌过海浪，划破海面，
在海的最深处歌唱，歌唱一只孤影的流浪。
成群成群发着光亮的鱼儿，相拥，推挤，
在列车前汇聚成波光粼粼的水面，从触碰到车头那刻起散开在两旁，
紧贴车身急速涌向车后，斑驳陆离的车窗
是一只四处张望的高雅小鹿，在一条光的波浪中自在前行。
我把脸颊贴着冰冷的窗户，车里的人睡了，或者
消失了——还有司机，灯光，座椅，窗户。
只剩下我，和包围的黑夜，光亮散乱稀疏
——我要融化了，融化进这片海洋。
当鱼群退散，路途遥远，当开始结束，结束迎来新的起点。
有一抹蓝色的夕阳，在车窗外摇摇晃晃，
好像穿进一条只能容下车的隧道，漫长的隧道，
通向莫名的深处。
越来越黑了，夜的窗，消失不见的人消失了
——我努力拼贴玻璃上新的图案，
是爬山虎的藤蔓，一只贝壳长了翅膀，等风飞翔。

我就是随便地写

写啊，我只是随便地写。
听到窗外有风就写，打开电灯就写，
你就把我当成一个疯子，想一个人时会疯，
一群人在一起时还是疯子。
我就是喜欢写，喜欢漫无目的地写，不知道写什么地写。
写有人流浪，写有人怀孕，写有人走进古老的城堡，

写一个可怜的女孩，碰上最娇情的新郎。
你就把我当成一个疯子，外面下着大雨，
有人还没回来，有人已经死去，
有人还在高举灯塔前进，有人颓废在花海深处。
你就把我当成疯子，我就是喜欢写，
写我喜欢的人，喜欢的电影，喜欢的歌，
写我想要守护的一切。
我要把它们变成宝藏，当我最容易孤独的时候，
我就开始写啊写，写春天的故事，
写永远不会来的黑夜。

稻草垛

不要轻易抬头，在雨天。
会莫名其妙地沉沦，毫无戒备。

熟悉的泥土味道，夹杂着。
还有阳光，跳跃在井边。
追逐，似曾相识的脸。
围拢灰锈的井口，天真吮吸着
一根长长的稻草秆——透明的，黄色的
一个圈，吸进嘴里，一个美好的童话。

没有忘记，没有忘记
稻场边堆积的草垛，层叠的
是辛酸，也是满满的幸福。
躲藏，穿梭在任何一个隐蔽的
角落。等待谁去发现。
淘气的，还有水中的气泡。

半截稻草秆，在水底涨红着脸，
惶恐着怕被遗忘，却总被遗忘。

地图的孤单

地图拥有了整个世界，
却没有一个人走进它心里。
拥有所有人想去的远方，
却失去自己可以到达的向往。

它了解梦想和现实的差距，
所以拉近了距离，
缩小了渴望
——他明明比谁都熟悉这个世界。

然而。它终究是孤单的
——他总能概括别人，却具体不到自己。

冬季的阳光

我沉睡在这甜蜜的阳光里，
瘫软在浅色书桌上刚绘的画卷上。
它倾泻在我的侧脸，
却散落在我的笔尖。
一根缺口的竹竿陶醉在这温暖阳光里，
斜倚在银杏树旁梦着百年前的约定，
无端遗失着，石磙边斑驳的碎影。

这冬季可人的阳光，

彳亍在疏枝交错的安静里。
惹逗起喜鹊三两只的喜悦
——竹篁外款款而至的风。
融化在桌面平添皱纹的纸张上，
也融化在我熟睡的心底。
摇晃的，凹凸墙壁上烂醉的人影，
也无力在读不懂的安详与平静中。

这冬季的阳光，
流连在空灵的梦里，
泼洒在宁谧的小小村庄，
澄澈如玻璃透明的心。

你，可不可以闭上眼睛

妈妈说：我是跌落地面的天使
——我只会笑。

我看见流浪汉经过身边时笑，蒲公英穿过花丛会笑，
看见交警指挥红绿灯会笑，看见冰淇淋融化会笑。
所以你出现时，我只会笑
——可不可以多一个拥抱？

我拥抱早起上街的奶奶，拥抱长满刺的仙人掌，
拥抱跌落垃圾桶里的咖啡色小猫，拥抱一张遗落风中的邮票。
当你再次出现时，我只能拥抱
——可不可以多一次亲吻？

我亲吻外婆瘦削的脸颊，亲吻隔壁小丽笔记本上的贴画，

亲吻角落里没关紧的水龙头，亲吻路边工人折断的枝桠。
当你站在我面前时，我只能亲吻
——你，可不可以闭上眼睛。

晚 秋

白茫茫一片云雾，风轻吹，衣衫轻摆。
我们在前进的车站，相遇，陌生。
你是活在阴影里的老树根，风里来，雨里去。
我是囚禁在乌云中的蝴蝶，没有阳光，没有芬芳。
我们相逢了，在秋天的铁轨，在浩渺的原野。
有一抹夕阳如血，是寂寞的颜色。

我寻觅了好久好久。
从我是一个人，到我是一个人。
原来在还没遇见你前，我就开始流浪。
懂我的眼睛，一张温暖的脸，消失在我最爱人离开的时候。
风还没有吹过眼睛，视线，已经遮蔽了远方。
我哭不出来，哪怕任何一次可以咆哮宣泄的机会，
我都哭不出来。
哭，也是需要选择场景的表达。
我背着心的重担，背着无奈和压抑，继续我的流浪。

我遇见了你，在白雾茫茫的秋天，在手心温暖的褐色咖啡。
我是冰冷的天，是秋天的霜，我笑不出来。
可是内心的喧腾开始点燃，在你每次转身和点头间盘旋。
你跟在我的身后，听我所有的沉默。
凝结成我的秋天，却是你的春天——
我闻到花的香味。

你唱着歌，在白茫茫的云雾中，
一辆通向未知远方的铁轨上，你长出参天树枝，
长出绿叶，生出执着的茧。
你穿过乌云，穿过一首歌的呼吸。
我在你停下脚步时，终于大哭，
我终于可以把一切发泄，在一个懂我的眼睛面前，
我终于可以不再忍耐，没有欢笑，没有勉强，
没有假装的温柔，
终于可以，在这一刻，用眼泪代表我所有的回答，
对这个世界的回答。
我紧抱着你的身体，感受着自己的冰冷，你的炙热。
不需要更多的答案。
只需要，你能给我，停下来哭泣的安全感。

我们行走在白雾中，秋天的铁轨上。
我把这次旅行当成终点，你的眼神微笑。
转角咖啡店旁，却只剩下我独自畅饮。
你在我不知不觉地依赖中，回到我来时的乌云。
你用一种自由，换了一种理由——
铁轨的前面，除了远方，还有车站。
多年以后。
你的歌声，依然漂浮在白雾中，竟还是那样温柔。
我只能捧着咖啡，看着我们来时的方向，
道一声：好久不见。

（胡东平，笔名简裸，男。著有并发表中篇小说《小提琴之歌》、短篇小说《牵牛花开》等，诗歌作品散见于《中国诗歌》《精品小说》《当代校园文艺》等杂志期刊，另有散文作品《老猫》《白开水》等发表于《经典短篇阅读》等媒体期刊平台。江汉大学人文学院 2012 级学生，现供职于上海某电视媒体。）

学生诗选萃

父亲在拔毛（外一首）

◆赵甫恒

父亲在拔毛
拔鸭的毛
拔冷冻的鸭头的毛
在夏天福建是燥热的
我也许在远望
也许在凝视
分不清父亲手上是冷气
还是热气
冬天呢
好分辨的
但我却好像没有记忆
只记得闽南的八月
好像除了湿漉漉的雨
就是燥热热的天
猫儿在鹦鹉的笼子上睡着了
打芒果的姑娘要收梯子
和清扫落叶了
父亲在拔毛
一根一根的白毛
像前年父亲新生的银发
略短略短
短的看不清
短的镊子才摸得着

短的我都不耐烦

我手机没电了

便会对他说

别拔了

小胡鸭有毛

周黑鸭也有

小毛没事别在意

顾客在意

生意在意

我在意

父亲坚定地认真

父亲认真地坚定

逃不过被城管追逐的流年

今天我很高兴

天却还是在下雨

别人的鸭有毛

可卖的比我爸好

反正父亲不会在意的

父亲只在意

手中鸭头上的毛拔干净了没有

不敢有题

青春像穿越

大学似传送

院里无过痕

复见竹林希

期待朝阳

又贪恋早睡

期待黄昏

又害怕孤独

听说幸福是没有恐惧

可恐惧的是没有幸福

寂寞是无声的企盼

企盼是无声的寂寞

辗转反侧

辗转反侧

使劲地想

使劲地想

便写了一首矛盾的诗

成了一个渴望醉酒的人

（2013级设计学院学生）

更 改（外二首）

◆宁晓晗

过往的片段在烟尘中渐行渐远
乘只扁舟在朦胧江水上失去方向
遥远彼岸传来的似是童年的歌谣
猜想吟唱的人儿定慵懒又散慢
梦呓般模糊不清的往事和雾水融为一体
极浅极淡还以为再看不清你的脸
兴致冲冲奔来你说大人不许出去
于是陪你一起去干农活摘棉花
嘻哈打闹几次枝桠戳中脸颊生疼
夕阳之下我灰头土脸回家又是一顿责骂
绿草如茵可惜我从未绊倒过你
脑袋撞到砖块被扶起我也习惯咬牙说不疼
骄阳直射在脸上滚烫的汗水从下巴滴落
晒得黝黑的臂膀和耳旁大人的声声呵斥
尘土飞扬漫天都是黄色刮进我眼
头发松散汗湿衣裳风吹透心凉
菜园篱笆枯死的藤蔓了无生机
兀自踩踏上去听得脆生生的声响
暮色降临大地黑夜就要来临

还未有过深远长久的怀念
我清晰地记得你的名字却忘却了相貌

但有何用我们绝不会再相逢
在绵软的日子里自己都快要融化
那般简单无瑕怕是再也回不去
我们都不慌乱都不害怕黑暗来临
因为我们自己就是光明就是力量
现在只有心灵对光明渴望身体却抗拒
在我们知或不知的时候
它们早就跟魔鬼签订了协议
永不担心明日来临无忧虑的你我
就这样凋亡在独属夏的日子里

眷

花青渲染开来
缓慢　强势　侵略空白
一层更胜一层的墨色中
悄然走出一个女孩
宽大的裙摆绣满繁复的玫瑰
交错的线条绽放于脚底
争着亲吻初升的朝阳
幻化的容貌早已消失在脑海
无边的浪潮扑打着沙岸
只记得　她望你　一眼到底

只记得　她抚摸你
直直地望着　眼里是一潭清泉

再回首　女孩已在梨树下
漫天的纯白比不上她的脸颊

她轻轻地　轻轻地　说
你
注定孤独

情字何解

意深藏心底
亘古至今
渗入肌理
仅你一眼
淡漠一眼
就让我满足　安然
将剩下的时日
化作一坛看不见的忧思
埋至桃花树下
只等一天
多情的花瓣落满你肩头
赠你　桃花幽香

我猜想你不知
我清晨早早采撷露水
我深夜匆忙捡拾星光
我猜想你不知
我多想快快将岁月变作陈酿
送与你

故事　发生在你路过的小村里
思念　绵延在没有你的眼眸里

太多的话要说
太长的念想断不了
太久的积淀在今夜挥发

来　舍去你的羞
饮一口这陌生姑娘的酒
花不伤人人自伤
酒不醉人人自醉

诗九首

◆曾芳芳

惘

网
是孕中的月晚
还是疼痛的黄昏

海面的北风还未
沉睡
塘中的早蛙还未
困倦
重生的草根还未
敲打土地的窗

你就走了来
向我走来

我没有果腹的干粮
我没有坚韧的盾矛
我没有浆果一样大大的
眼睛

你就走了来
向我走来

我站在尴尬的
发梢上
紧攥着绿色的指腹
无所适从

惘

企 图

像潜入夜的春雨
搬弄
我额头残留的
余温

像钝痛的响雷
掠走
我匆忙忙奔跑的
脚印

像伶仃的拾荒者
衔碎
我胸口猫咪的
温存

像粗糙的大麦
偷渡
我稀薄澄澈的
灵魂

还在企图什么！
你这可恶的
贼

黯黯舒缓
心头这盏灯的
喘息

太 阳

被时光掩盖
积下厚厚的世俗的尘埃
黑夜也吹不透
风卡着嗓子
疼痛

漂离的木屋
被昨日的拾荒者
缝缀在海的额面

取暖

你就着薄茧的手掌
抚摸今日斩断的忧伤
像紧握冰冷最深处的
渴望

你是耀尽天边的晴朗
把我暗哑的心房照得
通亮

把虚妄打破

云朵忘了锁上窗

夜里的山猫
盗来沉睡的太阳
储藏在鱼缸
又在黑暗中
用利爪狠戾划破
零落带火的星辰
月亮闭了眼
天空开始下雨

草说它是盲的
鱼说它是盲的

我总在虚妄中看见
这盲的世界

火树银花

也许
我也应该是
盲的

情人节

太阳红着脸
怨风撩拨他的心跳
他昨夜熬了眼
让月亮掌了很晚的灯

枝桠轻轻打着鼾

小野花裹紧了紫头巾
搽露珠湿了脸
默默踮了脚尖
颤动中惹开了粉颜

惊起小石头　拱了拱身

鱼儿揽着河流的肩
哗啦啦共舞着向前
在玫瑰丛前拥吻
阳光肆意喧哗

懵懂的青蛙　把脑袋掩了又掩

两只芦苇　花白头发
时光赶走他们的牙
把根牵在地下
观流水　赏落花
藏在时光里　剪指甲

等你来

昨夜　瘦风凉
月亮悄然阖了窗
一群群星　挤在一棵树枝上
吵吵嚷嚷

落叶的头发　被东风
燎得昏黄
她羞愧地低掩脸庞
河里的冻鱼　披着不眨的目光
打开呓语的池塘
地下早醒的根芽　暗暗
摸索着垦荒

还有呵
鸟窝穿了新蒲装　木耳盖了两间房
太阳也预订彩霞
一裹红装

窗棂影着火光
有新妇赶织
明日新裳

无 题

我在时光的指缝里
做了贼
我罩着黯淡的表情
携着轻脚步
做了贼

我把作诗的时间
偷来
轻轻抹平流动的伤痕
我很快乐　我还能写诗

有鸟衔走了我的表情
有鱼吞掉了我脚踝上的自由
为什么没有人劫走我的眼泪
和沉重的背囊

只好我只好
把它藏进浓密的发丝
让它们和希望一样
长出长长的尾巴

诞

盲匠人小心翼翼地　将月亮
敲敲打打
月缝里偶尔跳出　四季的
火星

他连夜打一圈篱笆　用墨线
分割好　春雨和夏花
三亩多一拃红椒　两分加五厘八角

他将脚步踱紧在　温吞的黎明
从庭院的星空取下　风干的骄阳
塞满火炉　呼呼呼响
映红害喜的冬季　妊娠的额角
和年烧断的尾巴

写诗在春季

温度抓不住　春天的
裙角　阳光时暗时明
游云藏匿在她的袖口
雨丝渗漏　打湿我

煽动我的高烧　伴有
头痛和脸热
雨滴迸落和着月色
诱我入眠

枝蔓春风三指　开得新鲜
香樟树裸出脚踝
干净　又羞涩
姑娘的锁骨　干净
又羞涩

红绿行

两个人，一群人
敲打厚厚的墙
走在穿梭的路上
青春消泯他们的性别
气味把他们栓紧了

三五人，万千人
他们在红灯时停靠
在绿灯时追逐
气味是友情的长鼻子
把眼神扣紧了

友情啊，他形状各异
长头发，单眼皮和方块
小说，散文及诗歌
他不恭维高尚
不行走私欲

红灯拦截路人满街
绿灯放逐金银铜铁
友情啊，他只筛选气味
红绿通行

（人文学院文化产业管理专业学生）

石榴的忧伤（外四首）

◆ 胡超群

沾染了你嘴角的笑容，
不经的一瞥，第一次
第一次听到心动的声音。
那天傍晚，那个石榴，
那个微笑……

石榴是我的世界。
五月的石榴花，
片片浴血的花瓣，
滴进我的血液里。
九月的石榴果，
颗颗娇红的果粒，
穿过了我的心房。
那个石榴，那个微笑……

一转眼啊，
再也看不到那个石榴。
不见，不见，还是不见。
一年又一年，
见了许多石榴，
可都不是那个石榴。
那个石榴，那个微笑……

为何这么忧伤，石榴
是花开得不够红吗？
是果结得不够多吗？
不，是再也看不到的那个
那个石榴，那个微笑……

北方的原

风的消息太快，
还未来得及追寻，
我的身已来到了这片原。

传奇的故事太美，
还未来得及体味，
我的心已锁在了这片原。

流淌的河太磅礴，
还未来得及照影，
我的影已飘在了这片原。

赞美的词太多，
还未来得及说出，
我的梦已飞在了这片原。

原，北方的原，
是否是陈忠实先生的那片原？
像白鹿一样，
带着华夏千年的魂，
行走在这浩渺的大地上，

坚定、雄健、灵灵跃动。

父 亲

小时候
坐在你的肩膀上，
走过窄窄长长的小路，
翻过一座又一座的山。
爸爸，山的那边是什么？
山的那边是思念。

年少时
拉着你的大手，
走过漫漫无际的公路，
穿过一片又一片的平原。
爸爸，平原边际的那边是什么？
边际的那边是追逐。

长大时
听着电话里你的声音，
诉说漠漠异乡的孤独，
惦着一遍又一遍的叮嘱。
爸，长大后的那边是什么？
长大的那边是幸福。

长大后，没有山，没有平原，
看不到山那边，边际的那边，
看到的是一幢幢高楼，
几棵缥缈的树，

思念与追逐，
早已住在我的心里。

现在的幸福就是：
听着你的声音，
手里拿着一张小小的车票，
去山的那边，边际的那边，
寻找你的肩膀与大手。

归途

——记大一暑假回家有感

一张小小的车票，
在暴雨泥洪中，
耀耀清晰可见……
那远方的天空。

一双小小的手，
在人头攒动中，
紧紧拿着车票……
焦急等待，那近来的汽笛声。

一节小小的车厢，
在青青铁轨中，
悠悠载着温暖的双手……
窗外、房屿，路途的风景。

一片小小的天空，

在大地应援下，
垠垠拥抱着车厢……
距离、城站，即将的家乡。

一张熟悉的笑容，
在灿若阳光中，
微微倾城着天空……
幸福、泪水，那父母的拥抱。

滴滴滴……我的城，
我的家我的思恋，
我的父母亲，
滴滴滴，融化在归途！

夜的奔跑

秋是不孤单的，
因为有丹桂的香，
有清爽的风，
有丰硕的果……
不，这还不够！
还有一群奔跑的青春！

秋的夜
太可贵！
以至于青春
把炽热的心
和豆滴的汗，
在奔跑的青春中，

交织在秋的夜里，

每当夜晚降临，
奔跑的身影
在微暗的灯光下，
在氤氲的林道上，
在丹桂的飘香中，
在音乐的国度里，
显得那样悠长，悠长。

秋夜，青春，奔跑，
一幅画不完的画，
一首唱不完的歌，
一个说不完的故事……

（人文学院 1015 中文系学生）

晨光（外二首）

◆孔艺淇

风
晚风
还是没带来你的声音

哪怕是一句幻听

夜
静夜
要有多漫长　多难熬
将我包围　吞噬

阴云
还是少了流浪诗人的本色
悬停在顶空
低声吟唱
流浪者的诗篇

阴云下
这夜路失了光
多坎坷　多曲折
没有一条路能走向远方

我站在猎猎风中
不见月光
不见星光
我可能在原地打转？
我可能走不出去了罢

晨光啊
你真美
在我心间
闪闪发光
一直一直闪闪发光

青草歌

繁盛的林子里
生长着一株不知名的草
唱着昂扬的歌生长
流着卑微的泪沉思
生长！生长！
我要长出纤长的腰肢
比肩大树
生长！生长！
我要有巨树般粗壮的躯干
紧连大地
生长！生长！
我要直逼太阳与日月同辉！
我要成为这世界最壮观的
最壮观的青草
生长！生长！
我要捅破这巨大的屏障
抵达遥远的宇宙星空
生长！生长！
可我却只能是一株
一株卑微的
野草

花 海

枯黄的草慢慢地晃，
残存的阳慢慢地褪。
微凉的风啊！

可否告知我春的讯息？

纷扬的雪无边地飞，
浓浓的雾层层地叠。
余留的热啊！
可否告知我春的讯息？

嫩绿的芽羞赧地冒，
冰封的河缓缓地消。
欢唱的莺啊！
可否带给我花的气息？

当大地换上青绿外衣，
当空气满载金色艳阳，
当繁盛的花汇成缤纷的海浪。
清凉的风啊！
悄悄告诉我
努力的辛酸，
等待的煎熬，
蜕变的苦痛，
一切都值得。

（人文学院中文系 163 班学生）

只是姑娘（外一首）

◆凌金鑫

徐徐清风拂过脸庞
迎着斜阳
姑娘曼妙的身姿
在我黑眸之中荡漾
轻轻呼唤你的名字
刹那的迷茫
你嘴角的那抹弧线
早已勾勒进我的心房
缓缓走到你的身旁
芳华易逝
不管多久多久的以后
我会帮你记住青春时光
默默把所有掩在不远的远方
分离在即
安康……

老狼

我是一只老狼
离开故乡开始流浪
我从不忍思念故乡
只是舔舐伤口时
忍不住眺望远方

我不敢孤独

黑色是我最好的伪装

只是月圆之时

我忍不住嘶啸

看透了寒风中的凄怆

我是一直老狼

在无尽的草原上

流浪　　流浪

（设计学院三班学生）

只恐花睡（外一首）

◆吴芳宇

夜阑深深深几许

天际线已经睡去

我不明白黑和白

有何不可告人的秘密

影子斜楞楞地

听我陌生的呼吸

或许有天光

生命才会不息

有了灯光

才能知道影子的哭泣

我最爱的金木犀啊

你可不可以不睡去
即便如风吹雪吹出了孤寂
也替代不了你带给我的
光辉的往日回音

流 光

前处有光愈暗
而我思量着你
如星隐默，如雪凝冰
从不打扰地进行
即便风吹
也不过是你的回音
也只是我在守望
我了解天黑
更明白河水
忽然间会有白昼
水亦可能干涸
秘密的祖先或许是
语言。如我们流浪
在它不可知的边界
而你却以微笑回绝
令我的风景凄哀成
一片空白。谁知黑
我问谁如我知夜

（人文学院中文系 61 班学生）

在最深的红尘里

◆千一

红尘里，等你
直到莲花开落
迦叶也勘不破禅意

红尘开出桃瓣
日月淌过忘川河
亘古也移动了北极星

等　生了痴念
痴了涉江的芙蓉
痴了折尽梅花的江采萍

梦幻空花雾电
可是美啊
飞蛾扑向烈火也不过
追逐一秒触及肌肤的温情

五蕴皆空的真
不如
等你相逢
在最深最深的红尘
在最深的红尘里

红尘中，等你
莲开莲落
迦叶也勘不破的禅意

红尘酿出桃瓣
日月淌过忘川河
亘古岁月里　移动了北极星

等　痴念生
痴了涉江的芙蓉
痴了折尽半生梅花的江采萍

梦幻空花闪电
可是美啊
飞蛾扑向烈火
追逐那一秒的炽热与温情

五蕴皆空的真
不如
与你相逢
在最深最深的红尘

（人文学院中文 151 班学生）

孤 城

◆李进

夜色弥漫，
侵袭了这座城。
雨声点滴，
惊扰了这座城。
远行的人儿啊，
不曾归家。
我心中守着这座城，
守着它的
三月烟雨草长莺飞；
守着它的
六月如歌灼灼其华；
守着它的
九月落秋金浪飘香；
守着它的
腊月隆冬飞雪饮罢。

走近这座城，
走近未曾遗忘
却已淡漠的记忆。
些许熟悉，
几分陌生。
城中弥漫的气息，

叫记忆。

长夜漫漫，
长路漫漫。
一曲幽歌，
唱不完红尘舍恋，
三分闲谈，
说不尽城中是非。
我心中守着这座城，
站在城头，
望着城尾。
一条笔直的长线，
延续着轮回。
我心中守着这座城，
直至终老。

（人文学院文化产业专业 161 班学生）

绿祖母

◆何爽

你走后
春天还是春天
麦苗在地里

像被削短的柳条
荠菜再也不用担心
生锈的铲头
它们快乐地老去

你走后
夏天再没有那么炎热
更没有那么凉爽
孩子们都不喜欢数星星

你走后
秋天还是秋天
收割后的土地
不再是农人发愁的黄色
但我知你从未发愁过
你最爱土地
生前死后都离不开它

你走后
冬天再也没有那么寒冷
更没有那么温暖
河流不知道什么时候结冰
也不知道什么时候融化
你拖欠了我
三千个睡前故事

（中文系学生）

追 梦

◆余昱佩

银屑匝绕
扇动莹乱翅膀
飞蹿　耀跃
被咬碎的月光
装扮成黑夜的眸子
空灵照烛
篱笆的影子逼仄乜斜
玲珑盘缠绕庭院
青碧映窗色琳琅
琥珀铺床
瑶瑛瑾瑜满堂
追梦
曦微露出红色
一抹艳香

（中文系 151 班学生）

墙头草

◆颜家兴

你笑我是墙头草　随风倒
怎可知我　穿石而生　历尽磨难　心坚志远
你笑我是墙头草　随风倒
怎可知我　丈夫胸怀　处乱世　知隐忍　懂屈伸
你笑我是墙头草　随风倒
怎可知我　立高墙之上　俯笑群芳　心比天高

（中文系 151 班学生）

梦

◆何柳

我看不清眼前的一切
是那么的苍白与朦胧
循环往复地睁眼闭眼
看不清这世界的真假

我睁大双眼
去感受每一个事件
可它们没什么特别
记住些什么留作回忆
大脑里却只留一片空白

我在混沌之中闭上眼睛
各种情感却汹涌而来
每一个细胞都感受得真切
细心的关怀，觉得温暖
命运的悲惨，想要落泪
每一个事件刻骨铭心
可当我醒来
一切消失不见

梦中的东西怎么都抓不住
可是清醒着什么也都没留住
时间流逝着
在不知不觉中
是醒着还是在梦中？

（人文学院中文系 151 学生）

漂流瓶（外一首）

◆李璐瑶

那是一个夏天
有着淡淡香草牛奶味空气的夏天
而我们
却在这样好闻的夏天里走散
散落天涯
又是一个夏天
空气中不再弥漫着淡淡香草牛奶味
那是淡淡的栀子花香味
我有了粉红色的秘密
把它装进你送我的玻璃瓶
那漂流瓶藏着粉红色的秘密
是我想要告诉你的秘密
我将她扔向属于你的那片海
闭上眼虔诚地祷告
担心波浪追逐着她瘦弱的倩影
担心海豚顽皮地偷看我的秘密
担心喜欢吃菠菜的水手
也喜欢我粉红色的秘密
原谅我胆小莫名害怕一切
后来，梦见你
光着脚丫带着我熟悉的笑脸
我听见银铃般的笑声
你奔向藏满我秘密的漂流瓶

于是她挣开层叠的浪头

从一场年复一年的梦中醒来

我熟悉的最想留住的你的笑脸

你把她捧在手心

梦中的我感受到你手心的温度

我熟睡的脸上挂着你见不到的笑容

期待你能看到我粉红色的秘密

又害怕你看到装满我粉红色秘密的她

贮满着关于你的记忆

那个有着淡淡香草牛奶味空气的盛夏

关于我们的回忆

落

三月天

是谁在窗外低吟

噼噼啪啪

久久不肯离去

又是谁在伞上舞蹈

淅淅沥沥

轻盈而又有节奏

原来，是雨在落

伴随着落下的雨滴

新开的花儿也落了

或不甘，或不愿

最终落进了泥土里

（人文学院中文153班学生）

花事

◆潘琦

仲秋的早晨
河岸边　小道旁
飘满了月桂的清香
一朵朵　一簇簇
藏在茂盛的枝叶当中
那么不起眼　却又
散发出不可抗拒的香

我想撷下一朵
请原谅我
我只是
太想让你感受这芬芳
让她带着信笺
飞往　遥远的北方

月光倾城

◆刘慧敏

再也不会有那样的夜晚
街灯亮如白昼
市井喧闹纷杂
我跟在你身后
脚步时缓时快
跌落几点星光汇在肩头
闪耀着银白的光泽
遗落沧桑的脸庞
驻留于光影交错间
睁着婴儿般好奇的眼
时间不小心打了个盹
站在世界的另一端
散落的碎片拼凑成长梦
以微妙的姿势贴合着你
月光倾城

秋 至

◆张晶

往事若能下酒，
回忆便是一场宿醉。

听风吹过树梢的声音，
叶又落了，秋天来了。

你又开始回忆了，
心中还记得什么呢？

等你回来

◆吴远芬

你站在窗前
想起那年的夏天
对父亲说
大千世界，我想走走
山清水秀不及城市闪闪霓虹

小小少年，眼里满是星星游动
父亲看着你，沉默着点了点头
你收起行囊往北方走
城市光亮，比乡里宽敞
你为了理想尽量不想故乡
树，绿了又黄
麦苗，割了又长
猛然回头
是不是该回家走走
一样的村庄一样的田垄

你坐在门前
想起那个夏天的傍晚
父亲的烟灭了又燃
城市不好就回家看看
你只当是嘱咐
不知道那是挽留
凉风吹父亲还没有回
阳光落幕灯火已起
父亲归来
头顶月光一身尘土
大千世界，你咋回来
比起霓虹灯更喜欢山清水秀
还有你温暖的笑容

（人文学院中文系学生）

画 境

◆张婧倩

四月的雨意
缠绵了古镇的过往
我将你置身在画境里

十里的秦淮水岸
我们可以不倦地走完
看　桃花着雨
看　海棠垂丝

街道像青色的缎带
一阵烟雨　水光潋滟
石苔路　又划上了几道新痕
王谢堂前的燕子
走了　又回来
继续着　斑驳城墙的故事

伞下的谁　步影摇晃
你说他在轻轻哼唱
和着雨　听不真切
我说
请你细听
那是不忘的乡音

水 影

◆潘豪

水的确是满载天真的
躺在那儿就觉十分美好
当风抚着草粒走进
浪浪的水花是你心中的俏皮

你在浅浅低唱
在那不可想象的领地
当浪不在喧嚷时
圆圆的月影是你怀中的温柔

水儿呀
可曾记得每次波纹的面容?
精致的水瓣在不经意间散失
无法抓住你的影便成了长梦

水儿呀
可曾晓得一颗进驻的热心?
镜般的照映在烂漫间追索
那墨水影便成了一潭水的魂

一代人（外一首）

◆潘乃康

那些永远摘不到的星辰在昨夜从未沉睡
我泄愤地一直等到黎明
看着它们渐渐黯淡无光
消失不见

回答

黑色嫁给了黑夜
白色玷污了透明

我在光与影的残像里
找寻遗落的星星

那不是你想要的钻戒
是穷人家的石英

况且冷漠的月亮
还在变换着心情

等一个人，守一座城

◆郭菁

夜已阑珊，帆已起航
沉沉浮浮跌落在海中
寻找彼岸未知的迷途
象牙塔的故事已经终结
你却寻觅在他的黑夜
等待着黎明的破晓
彼岸是你痴痴恋恋的人
等一个人，守一座城
城中
他昂首，你掠影
他回眸，你低头

春

◆周秀丽

绿叶泡在墨水里
胭脂滴在镜子上

天空一股脑钻进瓶子
珠子洒了
小草笑了
西装做好了

亲爱的姑娘（外一首）

◆ 胡盼

我们并肩而行
我们手拉手
我们一起经历雨天的流浪
晴天的远方

你是山顶的那颗星
住进我的眼睛里
我哭了 你会越来越亮
你是我眼里的光

春天的酥雨和冬天的阵雷
它们都是我忏悔的声音
从绵绵到烈烈
从未停息

一直在走着　却无声地静止
拧成的结越来越多
而你会在哪里

我被无情的思绪缠绕
窒息却还在等待
我炽热的目光在燃烧
你会不会变亮
我那亲爱的姑娘

鸵 鸟

我是孤独的
没有方向的鸵鸟
可我哪儿爱喷水的蓝鲸鱼
围在一起睡懒觉
我找到了可以躲黑的伞
可我不爱和别人一起分成三份儿
我还在雾里漂泊
我大概还不能停下来
去更远的地方看一看

你在西山，山那边

◆冯晓欣

你在西山，山那边
你会用褶皱的手抚摸我
温柔的，缓缓的
你会用细腻的眼神紧紧地盯着我
很用力，很深邃
你想要看到我所有的情感
打探我生活的一切

旅途很苦
我告诉你说很享受北风单薄
你没有应和
只要我通话向你汇报行程

儿时我坐在脚踏车后座
你使劲地蹬车
小心翼翼
满心欢喜
十分有力气

后来你管束我
甚至惹怒我
面红耳赤
但我不忍你落下伤心

这些年你老了
我说你是老女人
你不生气反而笑了
似乎是看尽这世间沧桑
你在用实际的方式惦恋我
而我不欠你
只想好好爱你

你在西山，山那边
我在中原，心似归田

（化环学院 2013 级环境工程专业学生）

相 遇

◆张萌

你我相遇
在浪漫的春季
空气中多了一种暧昧的气息
仿佛只要指尖一碰
就会爬起满面绯红
我的心也跟着悸动
依然记得笑的模样
温暖、阳光——

在我的灵魂中留下如此印象
太美好的东西我怕是假象
愿在时光中相守、相望
怕距离太近
如此平凡的我会令你失望

（护理与医学技术学院 2014 级医学影像专业学生）

新 生

◆杜冰洁

每到夜晚袭来的时刻，
好像处在精神世界的沙漠里。
而我的那些关于美好的希望，
是把小岛包围起来的蓝色海洋。
随着时间地流淌我发觉，
文字与书籍并不是拯救我的湖泊，
而欲望孕育出来的躁动不安，
是一种和爱情牵扯不清的生活。
我看见马路上有去年的枯叶，
那可能会是时光的伤心往事。
所以风不停地在带着它奔跑，
妄想着可以把它送回过去。
我等到了一个与你相遇的春季，

也等到了我心中那场久违的雨。
当春光灿烂的时候，
我想我的心也会开出新绿。

（人文学院中文 152 班学生）

距 离

◆陈爱娟

一个点
引起的射线，
无限延伸
终究会越来越远。

一棵树
另长的枝桠，
努力生长
最后开出不同的花。

一个人
生命中的过客，
不断离开
再难同聚首。

我是你

精心呵护的种子，

艰难燃起的薪火，

也是你殷勤的希望，

执着的幻想，

可我仍有自己的模样。

你走吧，

你走吧，走吧，

我的世界天大地大，

不怕孤寂一人游荡。

（人文学院中文系 152 班学生）

等 你

◆陈梦圆

那座城市在下雪，

我披着风雪去等你；

那座城市在下雨，

我带着雨伞去等你；

那座城市没有你，

可我依旧在等你。

你是谁？

我不知道。
只有心底一个声音说
亲爱的爱人，我在等你。

（人文学院文化产业专业学生）

许愿之丘

◆傅经纬

安静的山丘
一弯最美丽的河流
旅人这么说
诗篇这么说
如果你是永远的河流
我愿做那不变的山丘

（人文学院文化产业专业学生）

我十分想见你

◆ 罗妍秋

老农想要下雨
就把白云拽下来
塞到烟囱里擦一擦
再放回去

天空想见太阳
就把萤火虫捉起来
在晚上
用穹顶把它们都罩住

但是我想见你
我只能在心里
偷偷说给自己

（人文学院文化产业专业学生）

十月

◆孙璐

十月是什么样的？
我猜是香的，
金黄的桂子将空气染甜。
十月是什么样的？
我猜是橘的，
果实铺满大地，
心都是甜的。

（人文学院文化产业专业学生）

孤独

◆王雨纯

我拖着行李箱，
独自来到异地他乡，
一个人走，一个人笑，
一个人哭，一个人坚强，
一个人的世界，一个人的孤独，

一个人面对世界，
走在路上，没有人回应，
不仅是因为生活的沉重，
他们也没有成为眼中的风景，
一个人爱大风和烈酒，
还有孤独和自由。

（人文学院文化产业专业学生）

二月天

◆孙佳琪

二月天
呵气成霜冰冻三尺
春日仍迟迟

小太阳，颜色淡黄
声线沉睡了
这样静谧的天
不止一次想起你的脸
天涯海角
爱开在这一秒
雨雪停了
光晕亮了

街道直行无转角

你知道
信纸要不大不小
颜色要不花不哨
情话只要多不少
拼凑剪裁
是暂别时的天天年年

有你在
日日天光暖

（人文学院文化产业专业学生）

世界上最遥远的距离

◆卓树杰

是我拼了命关注你的点点滴滴
你却毫不在意
世界上最遥远的距离
不是你毫不在意
而是我为了你颠沛流离
你却了无消息
世界上最遥远的距离

不是你了无消息

而是我不愿放弃寻你

你却故意躲避

世界上最遥远的距离

不是你故意躲避

而是我就在你眼前

你却从不留意

世界上最遥远的距离

不是你从不留意

而是我没有身高与帅气

不能给你最好的东西

世界上最遥远的距离

不是身高与帅气

而是不能在最美的年华与你相遇

世界上最遥远的距离

不是不能在最美的年华相遇

而是飞鸟在天鱼在地

注定不能在一起

（银帆文学社成员）

离 开

◆孟露

一个旅行箱，
一个双肩包。
我笨拙地上了火车，
被人推挤着坐下，急急忙忙
望向母亲。
她眼睛眯成一道缝，好像在笑。

朝夕依偎了十几年，我终究要离开
到远方。

"真好，长大了。"母亲在窗外
比着口型。看着车窗外她的影子，
眼泪就流下来了。
伤心？也许，但不全是。
心酸？有点，也不全是。
更多的是感慨，更多的
是对她的依恋。
一动也不动地盯着母亲。
在车开前的几分钟内，
把她印在心里，
把自己刻在她眼里。

临走前的那个晚上，
翻出空闲的地图册，拿着尺子
笨拙地测量着想念的距离。
五百公里。
第一次啊，离家如此。
十年一梦，恍如隔世。

再长的旅途也有终点，
再短的停留也让人留恋。
近三个月的假期，让人不舍，
更催人离开。

其实，只有离开的时候，
我都很难受。

难怪有人说，
放河灯的时候，
不要看着它飘走。
是远方是河底，
不看则不伤。

"哦！妈，我的杯子呢……"
车开了。

初心不忘

◆黄丽

风像一只野猫
闯入我的空间
她放肆地嬉闹
凌乱了我的思念

你像一根羽毛
来到我的身边
你放大的样貌
打破了我的界限

时间像一个恶魔
吞噬迷茫的世界
但转身的瞬间
翻开了远方新篇

（海天涯诗社成员）

读后感

◆涂琴

后来
在眼泪中明白
人都是要长大的
残酷的现实里
容不得时间去悲伤
所有的痛
都是上帝的偏爱
春草蓝天
转瞬之间又是别样风景
冬雪幽梅
芬芳过后　风轻云淡
是谁在高高托举着未来
脚下踏着不返的过去
在名叫 now 的时空里
奔波着　生存着
生命的星光终将淡逝
何日是归年
花开花落
凋零荒芜地离去
不悔盛开时懂花的人欣赏
人何尝不是一朵解语花
解生命之语
耀尘世繁华

（化环学院 2015 级学生）

玩 偶

◆陈远凤

透过明亮的橱窗
我看见了她
她也看见了我
她高兴地将我抱回了家

我和她一起躺在小木床上
听着她给我讲白雪公主和睡美人
她告诉我她的小秘密
她告诉我她的喜怒哀乐

她在慢慢地长大
她把我放在了角落

有一天
她把我和那些故事书装进了袋子
等到我们被拿出来的时候
我又看见了一个小姑娘
她开心地看着我
把我抱回了家

矛 盾

◆杨佩珩

空气中的一丝不安泄露了心思。
考试前的时光，总是那样漫长。
当时间从试卷上滑落时，
我却又苦恼其短暂。
矛盾啊，它藏在生活的角落，
不经意间，就可以发现，
无时不在地显现生活的多面。

安静，孕育着思考的力量；
跃动，暗藏着爆发的动势。
山川，给人宁静，给人隽美；
流水，予人活力，予人飘逸。
或静或动，或淡然或深情，
这事物的矛盾带给我们丰富。
朋友们，不要害怕，不要彷徨，
这，就是我们真实多彩的人生！

（人文学院中文 162 班学生）

路（外一首）

◆彭彩

他一个人到来
堂而皇之地离开
留下一片狼藉
供后世者妄想膜拜
踏进软绵的世界
透过水母看海洋
身边的美丽
放肆又张扬
借春天隐去踪迹
期望冬日繁花相待
冰湖波澜不起
一如王尔德的玫瑰
鲜血淋漓
片刻光华闪耀
片刻尘埃寂静
唏嘘不如戏谑

枪口对准过去
子弹咽入肺腑
男高音家想谋些生计
连着地上的光
细碎得像夜空
不久大雨磅礴

人群早已散去
街灯不愿理睬
腥味浓重
带着薄雾缥缈
荒山与明月
背道而驰
一条路走到尽头
露出晦涩的枝叶

你

岁月不说话
因为沉默没人夸
你投身入海底
海底并不收容你
你就是魂魄
依附过往的行人
但鱼也会忘记
一如忘记你

你不打算承认错误
错误变成妖怪
不可饶恕地
一寸一寸剥落你
正如城市的灯火
人心惶惶
找到树木燃烧的方向
却熄灭不了灯红酒绿
你爱这生活

甘愿脚不着地

你明白存在的存在
却依旧不知悔改
像江湖上中毒已深
命不久矣的刺客
隐匿于黑夜
死于鬼的催促下
刀光剑影一片

你要一些故事
想生活能有巧合
谎话刻下一座墓碑：
此人已入荒芜。
我的眼睛变成天气
双手变成海棠
俯瞰众生万象

有笑有哭的悲悯
我却言语无常
省略了呼喊　摇晃
你们什么也没在意
好吧　下沉吧
我已入荒芜。

（江汉大学人文学院学生）

说过的话（三首）

◆ 韦金静

一定不是你

一张纸鸢
躺在青天。
桥头立着的，
一定不是你。

你说过不来，
我说过不去。
可我见着鸢，
你牵着线。

一座木桥
抱着青水。
天上曳着的，
一定不是它。

你说过不要，
我说过不给。
可我见着鸢，
你牵着线。

一个傻瓜，
浸着清泪。
桥头立着的，
一定不是你。

说过的话

我用左耳听你说，
可是时间太长，
我听不见你说了什么。
可否请你再说一遍，
你之前说过的话。

我用左耳听你说，
可是时间太短，
我听不见你说了什么，
可否请你再说一遍，
你之前说过的话。

我用左耳听你说，
时间不长不短。
噢，原来你说，
我再也说不出，
之前说过的话。

树

时间催促着你长，
于是你努力地长。

与鸟儿说笑，
与风儿打闹，
与云儿拥抱。

春夏秋冬
万里长空。

时间催促着你老，
于是你快快地老。
与鸟儿倾诉，
与风儿哭诉，
与云儿控诉。

春夏秋冬
万事如空。

时间催促着你走，
于是你恋恋地走。
你说一世无功。
我说万事悟空。

（人文学院中文系 161 班学生）

再见

◆孟慧君

嫩阳，从泪的缝隙里穿过
那么炽热，又那么凉
厚重的眼袋小心翼翼地托着

那倒映出来的凌乱床单
仿佛是你早起太匆匆
忘了折叠

晚饭时候，
习惯性地拿出四双筷子
浑然不觉有什么不对

三声轻轻却又铿锵的叹息
回响在我的心房
久久久久不曾褪去

（人文学院汉语国际教育专业学生）

走过丘山（外一首）

◆路瑶

性本爱丘山
城市推倒了篱墙，
夜里点着灯笼的精灵们迷失了
归家的路
水泥牢笼囚禁一方天地
风在高楼间四处乱撞不知疲倦
衣着光鲜的都市男女哪
远空的星早已不如口袋里
叮叮当当的金币那般耀眼

你问我：爱倒影天空的海
还是变幻的霓虹灯
我只告诉你　昨晚的梦
旷野中　独有一人
风恣意吹过心尖
掬一缕阳光走过丘山

归期
六月的雨
打落一地梅子又苦又涩
七月里的风
从海上来
升起的白帆　将要远航

而现在的我们

已相隔半个天涯

我的红叶　落满了南山

澳洲的绵羊　却嗷嗷待哺

望着你离去的港口

手中的船票被海水浸湿

盲目猜测你的归期

也许是又一年的

大红灯笼　高高挂

也许是再一年的

秋月　攀上我的窗

你是否会让我千帆望尽

我不会慌张

会依旧出现在原地

静默地等待你的归期

（人文学院汉语言 16 级学生）

落花时节又相逢

◆陈楚楚

姑娘的笑脸，

四月的海棠，

开在心间。
相触的眼神，
交辉的霞光，
仅一瞬间。
你说，
萍水相逢
最是真。
花叹道，
相逢
零落两重别。

（人文学院中文 16 级 2 班学生）

冬日使者

◆姜思萌

我是冬日使者，
我来自遥远的天国，
我畅意追逐人群广阔，
我欲看遍人间烟火。

身着偏爱的白色纱裙，
轻点出曼妙的华尔兹，
和着灵动八音，

缓缓地，缓缓地，我飘落
在人们的耳边，肩头，指尖。

背后，忽然一阵柔软的温暖，
一张红扑的小脸映入眼前，
心间："呀，雪，飘雪！"
身后妈妈眼中的孩子，笑容满面，
听得稚嫩的童音穿过街道
传得很远，很远。

我是冬日使者，
我来自遥远的天国……

（人文学院中文系 1 班学生）

抹茶冰激凌

◆刘云凤

上了年纪的老师突然问起
　绿色是什么？
海洋，森林，草地，生命……
　我说
绿色是抹茶冰激凌
　食一口绿

轻轻地闭上眼睛
　遇见冬天的来临
　孕育万物
又嗅到春天的清新
　生根发芽
随着夏天热烈的脚步
来到微涩的秋天
　收获喜悦
　拥抱幸福
快乐就是一个抹茶冰激凌

（人文学院中文系 151 班学生）

只余风声

　　——纪念我的外婆

◆涂帅林

而如今我再踏上这土地
只觉得是陌生的凄凉
在这个不寒索的冬天
枯萎的已无气息
奋力挣扎的余叶
也折倒了自己的筋脉

还未及品尝完多年前的饼干
还未及让我给你捎带点心
我就这样看着你消失
我在此殷殷期盼
我竭力呼喊
希望你能回应
然而多年的沉默
你已失去不断询问的耐心
你稍聋的双耳，我少数几次的问候
你不能听见
你发黄的面容，凹陷的双眼
干瘦的身体，蹒跚的脚步
小声，或是无声的语句
有时的枯坐，不知在等待什么

在去埋葬你的路途上
我看见光秃的枝丫
腐烂的苹果，干涸的池塘
往日清漾的水
寂静地死去
我听见黑鸟的悲鸣
风在呼啸，凄厉的哭咽的声音
南风北，北山有墓堆，堆砌着无尽的泪水
我努力回想着与你的记忆
可我对眼前的事物感到惊恐
不再问声声的念语
只有幽灵的恍惚

你是谁

你是死神
你派遣无数的分身去收割性命
你将猎取的名单放在人的枕边
你喝掉人的泪水作为自己的养料

我是谁
我是死神
我每天勾去千万生灵
我是在维持大自然的平衡
我讥笑着人死前死后的众生百态

一个老头该自然地结束了
一个老人，一个长者的谢幕
此时你的到来
我思维的殿堂已经坍塌
是悲是恨是怒
最终还是在地下腐朽
我将亲眼看着
让时间为我抚平伤悲
在时间的治愈下
又不断地撕扯
又有人到来
又有人离去

自然的死亡有什么可哀悼
更多没好好过完自己年华的人
就这样被我埋葬在脚下
过度的人类，因同类忘记无数的逝者
洁净的大地坑坑洼洼

愚昧臃肿

你可以夺取所有人的生命
但人类的终结将宣告你的死亡
逝者的身体将回归大地与大海
与大地相容，与大海相恰
沿着绵延的江水
死亡又有新生
你就这样依靠我们存活
伴随着自然的传承和泥土的回归
达到不朽

啊
我就这样看着你们
看着你们假惺惺的怜悯
吸食同类的血肉
蛆虫布满亡者的灵魂

（商学院工商管理专业学生）

诗二首

◆孙小茜

做 伴

春风与阳光做伴
野草与雨露做伴
鸟儿与天空做伴

三角湖的清晨可不安静
一群人　他们春夏秋冬
风雨无阻　这青草湖旁的
游者　或是守护者
他们用声传递　用梦环绕
他们用心吐字　用爱归音

来往的人都看着听着微笑
连野猫路过时也停下脚步
如同在享受

你会疑惑　他们到底是谁
他们是一群逐梦之子
他们被称为播音生
彼此做伴　度过有鸟声相谐的
春夏秋冬

他们的梦　从音韵中流露
在湖光波影中闪光

走 失

侧目能看见他的双眸和鼻梁
眼窝很深　目光很深邃
他总是被老师们挂在嘴边
他很优秀　不同于同龄人的心智
仿佛没有事情能难住他

我向他抱怨功课多糟糕　他说他伴我
他告诉我每天锻炼多辛苦　我想说我陪他

忘了我们之间发生过什么　消失过什么
日子久了　越来越归于平淡
由一句话到一个表情
再由一个表情到面无表情

我们之间究竟发生了什么
我听人说他为了他的梦想受过苦
可是依旧没有实现
但我什么都帮不上他
只能试着感受他的痛苦
是我弄丢了他
记忆给我留下无数感动的他
这么久了　我很想他

（人文学院播音 161 班学生）

我是微尘（组诗）

◆胡桐文

日子

花开过，枯了；血流过，停了；人走过，死了。
我这样沮丧，有什么用？

插了个稻草人

田野里一片金黄，麻雀飞来吃了稻谷走了。
第二天，农夫插了个稻草人，麻雀以为人类在监视它，没偷就走了。
第三天，麻雀又来了，发现稻草人是假的，于是吃了稻谷走了。
第四天，农夫又插了个稻草人，麻雀又吃了稻谷走了。
以后，每到麻雀来时，农夫都插上一个稻草人，麻雀继续吃了稻谷走了。
最后一天，农夫又插了个稻草人，发现满田稻草，没有一粒稻谷了。

他

昨天，他死了，他的魂仍在，他的情仍在，他的土地仍在，
只是他的躯壳不在了。

我等你

我等你，上午九点半，大纵湖畔。
那一天，你走了，突来的灾难。

我等你，上午九点半，大纵湖畔。

我是微尘

茫茫大漠，黄土飞扬，我与你一样，疯狂地舞蹈。
在城市间，我尽情地挥洒，可是传来"这可恶的风暴"，
我独自落泪，我只是微尘。
郁郁青山，大地肥沃，我与你一样，疯狂地舞蹈。
在乡村里，我平静地落下，又会传来"精灵般的使者"，
我独自落泪，我只是微尘。

献给我最亲爱的枯枝牡丹

我沉醉了，那一夜，那个春风依旧的晚上。
枯枝牡丹竞相开放，只在大潮澎湃的地方。
我奔跑着，我高叫着："收到了，收到了，来自遥远北京的礼物"。
朽木已腐，突然蹦出一绿新芽，这一份礼物只有我懂。